o carteiro e o poeta

Obras do autor publicadas pela Editora Record

Ficção

O carteiro e o poeta

O dia em que a poesia derrotou um ditador

Um pai de cinema

Infantil

Faísca

O goleiro dos Andes

Antonio Skármeta

o carteiro e o poeta

Tradução de
Beatriz Sidou

30ª edição

EDITORA RECORD
RIO DE JANEIRO • SÃO PAULO
2023

CIP-BRASIL. CATALOGAÇÃO NA PUBLICAÇÃO
SINDICATO NACIONAL DOS EDITORES DE LIVROS, RJ

Skármeta, Antonio, 1940-
S628c O carteiro e o poeta / Antonio Skármeta ; tradução Beatriz Sidou.
30ª ed. 30. ed. – Rio de Janeiro : Record, 2023.

Tradução de: Ardiente paciencia
ISBN 978-65-5587-433-4

1. Neruda, Pablo, 1904-1973 - Ficção. 2. Ficção chilena.
I. Sidou, Beatriz. II. Título.

CDD: 868.99333
23-82159 CDU: 82-3(83)

Meri Gleice Rodrigues de Souza - Bibliotecária - CRB-7/6439

TÍTULO ORIGINAL:
Ardiente Paciencia

Publicado anteriormente com o título de *Ardente paciência*.

Texto revisado segundo o Acordo Ortográfico da Língua Portuguesa de 1990.

Impresso no Brasil

ISBN 978-65-5587-433-4

Para Matilde Urrutia,
inspiradora de Neruda e,
por intermédio dele,
de seus humildes plagiários.

Prólogo

Na época eu trabalhava como redator cultural de um jornalzinho de quinta categoria. A seção a meu cargo era orientada pelo conceito de arte que tinha o diretor, o qual, orgulhoso de suas amizades na região, me obrigava a fazer penosas entrevistas com vedetes de companhias vulgares, resenhas de livros escritos por ex-detetives, notas sobre circos itinerantes ou desmedidos elogios ao hit da semana que poderiam ser preparados por qualquer zé-ninguém.

Minhas ilusões de ser escritor agonizavam a cada noite nas oficinas úmidas dessa redação. Eu ficava até a madrugada começando novos romances que deixava pelo meio do caminho, desiludido do meu talento e minha preguiça. Outros escritores da minha idade obtinham considerável êxito no país e até prêmios no estrangeiro: o da Casa de las Américas, o da Biblioteca Breve Seix-Barral, o da Sudamericana e Primera Plana. A inveja, mais que um estímulo para algum dia terminar uma obra, operava em mim como ducha fria.

Pelos dias em que cronologicamente se inicia esta história — que, como notarão os hipotéticos leitores, começa entusiasta e termina sob efeito de uma profunda depressão —, o diretor percebera que minha circulação pela boemia havia aperfeiçoado perigosamente minha palidez e resolveu enviar-me em missão à beira-mar, o que me permitiria uma semana de sol, vento salgado, mariscos, peixes frescos e, de passagem, importantes contatos para meu futuro. Tratava-se de assaltar a paz costeira do poeta Pablo Neruda e, através de entrevistas com ele, obter para os depravados leitores do nosso pasquim algo — palavras do diretor — "como a geografia erótica do poeta". *En buenas cuentas* (e em bom chileno), induzi-lo a falar da maneira mais gráfica possível sobre as mulheres que havia paquerado.

Hospedagem na pousada da Ilha Negra, viático de príncipe, carro alugado na Hertz, empréstimo de sua Olivetti portátil, foram os satânicos argumentos com que o diretor me convenceu para levar a cabo a ignóbil tarefa. A essas argumentações, e com esse idealismo da juventude, eu ainda reunia uma outra, acariciando um manuscrito interrompido na página 28: durante as tardes, iria escrever a crônica sobre Neruda, e à noite, escutando o ruído do mar, adiantaria minha novela até chegar ao fim. Além disso, propus-me algo que acabou em obsessão, e que ainda me permitiu sentir uma grande afinidade com Mario Jiménez, meu herói: conseguir que Pablo Neruda prefaciasse meu texto. Com esse valioso troféu bateria às portas da Editorial Nascimento e obteria, *ipso facto*, a publicação de meu livro tão dolorosamente postergado.

Para não tornar eterno este prólogo e evitar falsas expectativas em meus remotos leitores, concluo esclarecendo desde já alguns pontos. Em primeiro lugar, a novela que o leitor tem em mãos não é a que eu quis escrever na Ilha Negra, nem alguma outra que houvesse iniciado naquela época, mas sim um subproduto de meu fracassado assalto jornalístico a Neruda. Em segundo, embora vários escritores chilenos tenham continuado a fazer libações na taça do êxito (entre outras coisas, por frases como esta, disse-me um editor), eu permaneci — e permaneço — rigorosamente inédito. Enquanto outros são mestres da narrativa lírica em primeira pessoa, da novela dentro da novela, da metalinguagem, da distorção de tempos e espaços, continuei adscrito a metáforas rebuscadas no jornalismo, a lugares-comuns colhidos dos regionalistas, adjetivos uivantes mal-entendidos em Borges e, sobretudo, aferrado ao que um professor de literatura designou com certo nojo: um narrador onisciente. Terceiro e último, a saborosa reportagem de Neruda — que, com toda a certeza, o leitor preferia ter em suas mãos em vez desta iminente novela que irá incomodá-lo a partir das próximas páginas e que talvez me tivesse mostrado sob outro rótulo de minha inveterada anonímia — não foi viável devido a princípios do poeta, e não por falta de impertinência minha. Com amabilidade que a baixeza de minhas intenções não merecia, disse que seu grande amor era sua mulher atual, Matilde Urrutia, e que não sentia entusiasmo nem tinha interesse em revolver este "pálido passado", e, com uma ironia que — esta sim — merecia minha audácia em pedir-lhe prefácio para um livro que ainda não existia, disse, deixando-me de quatro na porta: "Com todo prazer, quando estiver escrito."

Com a esperança de fazê-lo, fiquei por um longo tempo na Ilha Negra e, para apoiar a preguiça que me invadia todas as noites, tardes e manhãs diante da página em branco, resolvi rodear a casa do poeta e, de passagem, rodear os que a rodeavam. Foi assim que fiquei conhecendo os personagens desta novela.

Sei que mais de um leitor impaciente há de estar se perguntando como foi que um sujeito tão preguiçoso como eu pôde terminar este livro, por pequeno que seja. Uma explicação plausível é que levei 14 anos para escrevê-lo. Se pensarmos que nesse período Vargas Llosa, por exemplo, publicou *Conversa na catedral*, *Tia Júlia e o escrevinhador*, *Pantaleão e as visitadoras* e *A guerra do fim do mundo*, este é, francamente, um recorde de que não me orgulho.

Mas também há uma explicação complementar do tipo sentimental. Beatriz González, com quem almocei várias vezes durante suas visitas aos tribunais de Santiago, quis que eu lhe contasse a história de Mario, "não importa quanto demorasse nem quanto inventasse". E assim, por ela desculpado, incorri em ambos os defeitos.

1

Em junho de 1969 dois motivos tão felizes quanto triviais levaram Mario Jiménez a mudar de ofício. Primeiro, seu desafeto pelas labutas da pesca que o tiravam da cama antes do amanhecer e, quase sempre, quando sonhava com amores audazes protagonizados por heroínas tão abrasadoras como as que via na tela do sessão-contínua de San Antonio. Esse talento, unido a uma consequente simpatia pelos resfriados, reais ou fingidos, com que se desculpava dia sim, dia não de ir preparar os equipamentos do barco de seu pai, lhe permitia revirar-se em suas íntimas paixões debaixo das fartas cobertas, aperfeiçoando ainda mais seus oníricos idílios até que o pescador José Jiménez voltasse de alto-mar, molhado e faminto, e ele mitigasse o complexo de culpa temperando-lhe um almoço de pão crocante, estrepitosas saladas de tomate e cebola, mais salsa e coentro, e uma dramática aspirina que engolia quando o sarcasmo de seu progenitor o penetrava até o mais fundo de seus ossos.

— Vai procurar um trabalho — era a frase concisa e feroz com que o homem encerrava um olhar acusador que podia durar até uns dez minutos e que, em todo caso, nunca durou menos de cinco.

— Está bem, papai — respondia Mario, limpando o nariz com a manga do casaco.

Se esse foi o motivo trivial, o feliz foi a posse de uma alegre bicicleta marca Legnano, com a qual Mario trocava todos os dias o minguado horizonte da pequena enseada de pescadores pelo pequeno porto de San Antonio, mas que em compensação, com seu casario, o impressionava como faustoso e babilônico. A simples contemplação dos cartazes do cinema com mulheres de bocas provocantes e homens rudes com charutos triturados entre dentes impecáveis o deixava num transe de que só saía depois de duas horas de celuloide para pedalar desconsolado de volta à sua rotina, às vezes debaixo de uma chuva costeira que lhe inspirava resfriados épicos. A generosidade de seu pai não chegava ao ponto de fomentar sua moleza, de maneira que, vários dias da semana, sem dinheiro, Mario Jiménez tinha de se conformar com incursões às bancas de revistas usadas onde cooperava manuseando as fotos de suas atrizes prediletas.

Foi num daqueles dias de vagabundeio desconsolado que descobriu um anúncio na janela da agência do correio ao qual, embora escrito à mão e sobre modesta folha de caderno de aritmética — matéria em que não se havia destacado na escola primária —, não pôde resistir.

Mario Jiménez jamais usara gravata, mas antes de entrar deu uma arrumada no colarinho da camisa como se portasse uma e tratou, com algum êxito, de reduzir com dois golpes do pentinho a cabeleira herdada de fotos dos Beatles.

— Estou aqui por causa do anúncio — declamou ao funcionário, com um sorriso emulando o de Burt Lancaster.

— Tem bicicleta? — perguntou entediado o funcionário.

O coração e seus lábios disseram em uníssono:

— Tenho.

— Muito bem — disse o agente, limpando os óculos. — Trata-se de uma vaga de carteiro para a Ilha Negra.

— Que coincidência — disse Mario. — Moro ao lado, na enseada.

— Isto é bom. Mas o negativo é que só tem um cliente.

— Só um?

— Pois é. Na enseada todos são analfabetos. Não conseguem ler nem as contas.

— E quem *é* o cliente?

— Pablo Neruda.

Mario Jiménez engoliu o que lhe pareceu um litro de saliva.

— Mas isto é formidável!

— Formidável? Ele recebe quilos de correspondência todos os dias. Pedalar com a bolsa em cima do lombo é o mesmo que carregar um elefante nos ombros. O carteiro que o atendia se aposentou corcunda como um camelo.

— Mas eu só tenho 17 anos.

— E você tem saúde?

— Eu? Sou de ferro. Nem um resfriado na vida!

O funcionário escorregou as lentes pelo tabique do nariz e olhou por cima do caixilho.

— O salário é uma merda. Os outros carteiros se viram com as gorjetas. Mas, com um cliente só, mal vai dar para o cinema uma vez por semana.

— Quero o trabalho.

— Está bem. Eu me chamo Cosme.

— Cosme.

— Você deve dizer "dom Cosme".

— Sim, dom Cosme.

— Sou seu chefe.

— Sim, chefe.

O homem levantou uma esferográfica azul, soprou um bafo para amolecer a tinta e perguntou sem olhar:

— Nome?

— Mario Jiménez — respondeu Mario Jiménez solenemente.

E quando terminou de emitir esse vital comunicado foi até a janela, desprendeu o anúncio e o enfiou no fundo do bolso traseiro de sua calça.

2

O que não lograra o Oceano Pacífico com sua paciência parecida com a eternidade conseguiu a modesta e agradável agência do correio de San Antonio: Mario Jiménez não apenas se levantava ao alvorecer assobiando e disposto, como se comprometeu com tal pontualidade no trabalho que o velho funcionário Cosme lhe confiou a chave do local, caso alguma vez se decidisse a levar a cabo uma façanha de há muito sonhada: dormir até tão tarde de manhã que já fosse a hora da sesta e dormir uma sesta tão comprida que já fosse hora de ir deitar e ao deitar dormir tão bem e tão profundo que no dia seguinte sentisse pela primeira vez essa vontade de trabalhar que Mario irradiava e que Cosme ignorava nos seus mínimos detalhes.

Com o primeiro salário, pago com um mês e meio de atraso, como é costume no Chile, o carteiro Mario Jiménez adquiriu os seguintes bens: uma garrafa de vinho Cousiño Macul Antiguas Reservas para seu pai; uma entrada para o cinema, graças à qual saboreou *Amor, sublime amor,* com Natalie Wood incluída; um pentinho de aço alemão no mercado de San Antonio, de um camelô que os oferecia com o refrão: "A Alemanha perdeu a guerra, mas não a indústria. Pentes inoxidáveis marca Solingen"; e a edição Losada das *Odes elementares,* de autoria de seu cliente e vizinho, Pablo Neruda.

Propunha-se, em algum momento em que o poeta lhe parecesse de bom humor, oferecer-lhe o livro junto com a correspondência e conseguir um autógrafo com o qual pudesse fanfarronear diante de hipotéticas porém belíssimas mulheres que algum dia conheceria em San Antonio, ou em Santiago, onde iria parar com o segundo salário. Diversas vezes esteve a ponto de cumprir a empresa, mas inibiu-o tanto a preguiça com que o poeta recebia sua correspondência, a agilidade com que lhe cedia a gorjeta (em oportunidades mais que regulares), como sua expressão de homem abismalmente voltado para o interior. Resumindo, durante um par de meses Mario não pôde evitar sentir que cada vez que tocava a campainha assassinava a inspiração do poeta, que estaria a ponto de incorrer num verso genial. Neruda apanhava o pacote de correspondência, passava-lhe 2 escudos* e se despedia com um sorriso tão lento como seu olhar. A partir desse instante e até o fim do dia o carteiro carregava as *Odes elementares* com a esperança de algum dia reunir coragem. Tanto transportou o livro, tanto o manipulou, tanto o colocou no regaço de suas calças debaixo da luz da praça para dar-se um ar intelectual diante das garotas que o ignoravam, que terminou lendo o livro. Com esse antecedente no currículo, considerou-se merecedor de uma migalha de atenção do poeta e, certa manhã de um sol invernal, infiltrou-lhe o livro com as cartas, com uma frase que havia ensaiado diante de múltiplas vitrinas:

— Ponha-me a preciosa aqui, mestre.

Agradá-lo foi para o poeta um expediente de rotina, mas, cumprido esse breve dever, despediu-se com a cortante cortesia que o caracterizava. Mario começou por analisar o autógrafo e chegou à conclusão de que com um "Cordialmente, Pablo Neruda" seu anonimato não perdia grande coisa. Propôs-se travar algum tipo de relação com o poeta que lhe permitisse algum

---

* Moeda vigente entre 1970-73. (*N. do E.*)

dia ser agraciado com uma dedicatória em que pelo menos constasse com a mera tinta verde do poeta seu nome e sobrenome: Mario Jiménez S.; embora ótimo mesmo lhe pareceria um texto do teor "A meu íntimo amigo Mario Jiménez, Pablo Neruda". Expôs suas aspirações a Cosme, o telegrafista, o qual, depois de recordar que o Correio do Chile proibia seus mensageiros de molestar com requisitórios atípicos sua clientela, fez com que soubesse que um mesmo livro não poderia ser dedicado duas vezes. O que significava que em caso algum seria elegante propor ao poeta — por mais comunista que fosse — que riscasse suas palavras para substituí-las por outras.

Mario Jiménez julgou correta a observação e, quando adveio o segundo salário num envelope fiscal, adquiriu, com um gesto que lhe pareceu consequente, *Novas odes elementares,* edições Losada. Algum desassossego dava-lhe alento ao renunciar à sonhada excursão a Santiago e, logo em seguida, um certo temor, quando o astuto livreiro disse: "E no mês que vem tenho *O terceiro livro das odes* para você."

Mas nenhum dos dois livros chegou a ser autografado pelo poeta. Uma outra manhã com sol de inverno, muito parecida com a outra tão pouco descrita em detalhes antes, relegou a dedicatória ao olvido. Mas não a poesia.

3

Crescido no meio de pescadores, nunca o jovem Mario Jiménez suspeitou que no correio daquele dia haveria um anzol com que apanharia o poeta. Mal lhe entregara o fardo, o poeta distinguira com precisão meridiana uma carta cujo envelope rasgou diante de seus próprios olhos. Essa inédita conduta, incompatível com a serenidade e discrição do poeta, encorajou no carteiro o início de um interrogatório e, por que não dizê-lo, de uma amizade.

— Por que abre essa carta antes das outras?

— Porque é da Suécia.

— E o que a Suécia tem de especial, fora as suecas?

Embora Pablo Neruda possuísse duas pálpebras inalteráveis, dessa vez, pestanejou.

— O Prêmio Nobel de Literatura, filho.

— Vão lhe dar.

— Se me dão, não vou recusar.

— E quanto dinheiro é?

O poeta, que já havia chegado ao miolo da missiva, disse, sem ênfase:

— Cento e cinquenta mil, duzentos e cinquenta dólares.

Mario pensou na seguinte piadinha: "E cinquenta centavos", mas o instinto reprimiu sua contumaz impertinência, e, em troca, perguntou, da maneira mais polida:

— E então?

— Hum?

— Dão-lhe o Prêmio Nobel?

— Pode ser, mas desta vez há candidatos com mais chance.

— Por quê?

— Porque escreveram grandes obras.

— E as outras cartas?

— Leio depois — suspirou o poeta.

— Ah!...

Mario, que pressentia o fim do diálogo, deixou-se consumir por uma ausência semelhante à de seu predileto e único cliente, mas foi tão radical que obrigou o poeta a perguntar:

— Em que você ficou aí pensando?

— No que dirão as outras cartas. Serão de amor?

O robusto poeta tossiu.

— Rapaz! Eu sou casado. Que a Matilde não escute!

— Desculpe, dom Pablo.

Neruda assaltou com ímpeto seu bolso e extraiu uma nota daquela categoria "mais que o normal". O carteiro disse "Obrigado", nem tão angustiado pela soma quanto pela iminente despedida. Essa mesma tristeza pareceu imobilizá-lo até um grau alarmante. O poeta, que se dispunha a entrar, não pôde deixar de se interessar por essa inércia tão pronunciada.

— Que há?

— Dom Pablo?...

— Você fica aí parado como um poste.

Mario retorceu o pescoço e procurou os olhos do poeta, indo de baixo para cima.

— Cravado como uma lança?

— Não, quieto como uma torre de xadrez.

— Mais tranquilo que um gato de porcelana?

Neruda soltou o trinco do portão e acariciou o queixo.

— Mario Jiménez, afora as *Odes elementares*, tenho livros muito melhores. É indigno que você fique me submetendo a todo tipo de comparações e metáforas.

— Como é, dom Pablo?!

— Metáforas, homem!

— Que são essas coisas?

O poeta colocou a mão sobre o ombro do rapaz.

— Para esclarecer mais ou menos de maneira imprecisa, são modos de dizer uma coisa comparando-a com outra.

— Dê-me um exemplo...

Neruda olhou o relógio e suspirou.

— Bem, quando você diz que o céu está chorando. O que você quer dizer com isso?

— Ora, fácil! Que está chovendo, ué!

— Bem, isso é uma metáfora.

— E por que tem um nome tão complicado, se é uma coisa tão fácil?

— Porque os nomes não têm nada a ver com a simplicidade ou complexidade das coisas. Pela sua teoria, uma coisa pequena que voa não deveria ter um nome tão grande como *mariposa. Elefante* tem a mesma quantidade de letras que *mariposa*, é muito maior e não voa — concluiu Neruda, exausto. Com um resto de ânimo indicou para Mario o rumo da enseada. Mas o carteiro teve a presença de espírito de dizer:

— Porra, gostaria tanto de ser poeta!

— Rapaz! Todos são poetas no Chile. É mais original que você continue sendo carteiro. Pelo menos caminha bastante e não engorda. Todos os poetas aqui no Chile somos barrigudos.

Neruda retomou o trinco do portão e dispunha-se a entrar quando Mario, olhando o voo de um pássaro invisível, disse:

— É que se eu fosse poeta poderia dizer o que quero.

— E o que é que você quer dizer?

— Bom, o problema é justamente este. Como não sou poeta, não posso dizer.

O poeta franziu as sobrancelhas por cima do tabique do nariz.

— Mario?!

— Dom Pablo?!

— Vou me despedir e fechar o portão.

— Está certo, dom Pablo.

— Até amanhã.

— Até amanhã.

Neruda deteve o olhar sobre o restante das cartas e rapidamente entreabriu o portão. O carteiro observava as nuvens com os braços cruzados no peito. O poeta foi até o seu lado e espetou-lhe o ombro com um dedo. Sem descruzar os braços, o rapaz ficou olhando para ele.

— Voltei porque suspeitei que você continuava aqui.

— É que fiquei pensando...

Neruda agarrou o cotovelo do carteiro e foi conduzindo-o até o poste onde havia parado a bicicleta.

— E você fica sentado para pensar? Se quer ser poeta, comece por pensar caminhando. Ou você é como John Wayne, que não podia caminhar e mascar chiclete ao mesmo tempo? Agora vá para a enseada pela praia e, enquanto observa o movimento do mar, pode ir inventando metáforas.

— Dê-me um exemplo!...

— Olhe este poema: "Aqui na Ilha, o mar, e quanto mar. Sai de si mesmo a cada momento. Diz que sim, que não, que não. Diz que sim, em azul, em espuma, em galope. Diz que não, que não. Não pode sossegar. Chamo-me mar, repete batendo numa pedra, sem convencê-la. E então, com sete línguas verdes, de sete tigres verdes, de sete cães verdes, de sete mares verdes, percorre-a, beija-a, umedece-a e golpeia-se o peito repetindo seu nome."

Fez uma pausa, satisfeito.

— O que você acha?

— Estranho.

— "Estranho." Mas que crítico mais severo!

— Não, dom Pablo. Estranho não é o poema. Estranho é como *eu* me sentia quando o senhor recitava o poema.

— Querido Mario, vamos ver se desenrola um pouco porque eu não posso passar toda a manhã desfrutando o papo.

— Como posso lhe explicar? Enquanto o senhor recitava o poema, as palavras iam daqui para lá.

— Como o mar, ora!

— Pois é, moviam-se exatamente como o mar.

— Isso é ritmo.

— Eu me senti estranho, porque, com tanto movimento, fiquei enjoado.

— Você ficou enjoado...

— Claro! Eu ia como um barco balançando em suas palavras.

As pálpebras do poeta se despregaram lentamente.

— "Como um barco balançando em minhas palavras."

— Claro!

— Sabe o que você fez, Mario?

— O quê?

— Uma metáfora.

— Mas não vale, porque saiu por acaso.

— Não há imagem que não seja casual, filho.

Mario levou a mão ao coração e quis controlar um palpitar desaforado que lhe havia subido até a língua e que lutava por estalar entre seus dentes. Deteve a caminhada e, com um dedo impertinente manipulado a centímetros do nariz de seu emérito cliente, disse:

— O senhor acha que todo mundo, quero dizer *todo* mundo, com o vento, os mares, as árvores, as montanhas, o fogo, os animais, as casas, os desertos, as chuvas...

— ... agora já pode dizer "et cetera".

— ... os et ceteras! O senhor acha que o mundo inteiro é a metáfora de alguma coisa?

Neruda abriu a boca, e seu robusto queixo pareceu desprender-se do rosto.

— Perguntei merda, dom Pablo?

— Não, homem, não.

— É que ficou com uma cara tão estranha...

— Não, acontece que eu fiquei pensando.

Abanou com a mão uma fumaça imaginária, levantou as calças descaídas e, espetando o peito do jovem com o indicador, disse:

— Olhe, Mario. Vamos fazer um trato. Agora eu vou até a cozinha, preparo para mim uma omelete de aspirinas para meditar sobre a sua pergunta e amanhã lhe dou a minha opinião.

— Sério, dom Pablo?

— Sim, homem, claro. Até amanhã.

Voltou até sua casa e, após fechar o portão, encostou-se nele e pacientemente cruzou os braços.

— Não vai entrar? — gritou Mario.

— Ah, não. Dessa vez espero que você vá.

O carteiro desprendeu a bicicleta do poste, fez soar contente sua campainha e, com um sorriso tão amplo que abarcava poeta e contorno, disse:

— Até logo, dom Pablo.

— Até logo, rapaz.

4

O carteiro Mario Jiménez tomou literalmente as palavras do poeta e fez o caminho até a enseada perscrutando os vaivéns do oceano. Embora muitas fossem as ondas, o meio-dia imaculado, a areia solta e a brisa leve, não foi adiante em metáfora alguma. Tudo o que no mar era eloquência, nele foi mudez. Uma afonia tão enérgica que, em comparação, até as pedras lhe pareciam tagarelas.

Enfastiado com a hostilidade da natureza, procurou animar-se a avançar até a estalagem para consolar-se com uma garrafa de vinho, e ver se encontrava algum ocioso perambulando pelo bar para desafiá-lo a uma partida de totó. Na ausência de um estádio na aldeia, os jovens pescadores satisfaziam suas inquietudes desportivas com o lombo encurvado sobre as mesas do futebolzinho.

De longe o alcançou o estrondo dos golpes metálicos junto à música do Wurlitzer, que arranhava mais uma vez os sulcos de "Mucho amor" pelos Ramblers, cuja popularidade já tinha se extinguido havia uma década na capital, mas que naquela pequena população continuava atual. Adivinhando que o tédio da rotina iria se somar à depressão, entrou no lugar disposto a converter em vinho a gorjeta do poeta, quando foi invadido por uma embriaguez mais cabal do que nenhum mosto* lhe havia provocado em sua curta vida: jogando com os oxidados bonecos azuis encontrava-se a garota mais linda que recordava ter visto, incluídas atrizes, lanterninhas de cinema, cabeleireiras, colegiais, turistas e vendedoras de discos. Embora sua ansiedade pelas garotas fosse quase equivalente à sua timidez — situação essa que o consumia em frustrações —, dessa vez avançou até a mesa de totó com a ousadia da inconsciência. Deteve-se atrás do goleiro vermelho, dissimulou com perfeita ineficiência seu fascínio acompanhando com olhos saltitantes os vaivéns da bola, e, quando a garota fez troar o metal da defesa com um gol, levantou a vista para ela com o mais sedutor sorriso que pôde improvisar. Ela respondeu a tal cordialidade com um gesto que o

* Vinho novo, sem fermentação. (*N. do E.*)

desafiava a assumir a dianteira da equipe rival. Mario quase nem havia notado que a garota jogava com uma amiga e só se deu conta quando bateu nela com os quadris, deslocando-a para a defesa. Poucas vezes em sua vida havia notado que tinha um coração tão violento. O sangue era bombeado com tal vigor que passou a mão pelo peito, tratando de apaziguá-lo. E, então, ela golpeou a bola branca no canto da mesa, fez o gesto de levá-la até o outrora círculo central, desbotado pelas décadas, e, quando Mario se dispôs a manobrar suas barras para impressioná-la com a destreza de suas mãos, a garota levantou a bola e a colocou entre os dentes, que brilharam no humilde recinto sugerindo-lhe uma chuva de prata. Em seguida, adiantou seu torso cingido por uma blusa dois números menor que o que exigiam seus persuasivos seios, e o convidou a apanhar a bola em sua boca. Indeciso entre a humilhação e a hipnose, o carteiro alçou vacilante a mão direita e, quando seus dedos estavam a ponto de tocar a bolinha, a menina se distanciou e o sorriso irônico deixou seu braço suspenso no ar, como num brinde ridículo para festejar sem taça e sem champanhe um amor que jamais se concretizaria. Logo balançou o corpo a caminho do bar, e suas pernas pareciam dançar ao compasso de uma música mais sinuosa que a oferecida pelos

Ramblers. Mario não precisou de um espelho para adivinhar que seu rosto estaria vermelho e úmido. A outra garota assumiu o lugar abandonado e quis despertá-lo do transe com um forte golpe da bola contra a defesa. Melancólico, o carteiro alçou a vista indo da bola até os olhos de sua nova rival, e, embora diante do Oceano Pacífico se tivesse definido como inepto para comparações e metáforas, se disse com raiva que o jogo proposto por essa pálida provinciana seria: a) mais sem graça que dançar com a irmã; b) mais chato que domingo sem futebol e c) tão divertido como uma corrida de caracóis.

Sem dedicar-lhe sequer uma pestanejada como despedida, seguiu o rumo de sua adorada até o balcão do bar, deixou-se cair sobre a banqueta como numa poltrona de cinema e durante demorados minutos contemplou-a extasiado, enquanto a menina lançava seu hálito nos copos rústicos e logo os esfregava com um pano bordado de *copihues*,* até deixá-los impecáveis.

---

* Flor vermelha ou branca de planta trepadeira liliácea, adotada como flor nacional no Chile. (*N. do E.*)

5

O telegrafista Cosme tinha dois princípios. O socialismo, a favor do qual discursava a seus subordinados, de modo aliás um tanto supérfluo, porque todos já estavam convencidos ou eram ativistas, e o uso do boné do correio dentro da agência. De Mario podia tolerar essa melena emaranhada que superava com raízes proletárias o corte dos Beatles, os *blue-jeans* infectados por manchas de óleo da engrenagem da bicicleta, seu desbotado casaco de peão trabalhador, sua mania de investigar o nariz com o dedo mínimo, mas o sangue fervia quando via o carteiro chegar sem o gorro. De modo que, quando este entrou macilento indo até a mesa classificadora de correspondência dizendo-lhe um exangue "Bom-dia", ele o freou com um dedo no pescoço, conduziu-o até o cabide no qual pendurava o chapéu, enterrou-o até as sobrancelhas e só então o incitou a que repetisse o cumprimento.

— Bom dia, chefe.

— Bom dia — rugiu.

— Tem cartas para o poeta?

— Muitas. E também um telegrama.

— Um telegrama?

O garoto o levantou, tentou discernir seu conteúdo na contraluz e num minuto estava na rua, montado na bicicleta. Já ia pedalando quando Cosme gritou da porta com o restante da correspondência na mão.

— Esqueceu as outras cartas!

— Levo-as depois — disse, distanciando-se.

— Você é um bobo — gritou dom Cosme. — Vai ter que fazer duas viagens.

— Não sou nenhum bobo, chefe. Assim eu vejo o poeta duas vezes.

No portão de Neruda pendurou-se na corda que acionava a campainha bem além de toda discrição. Três minutos desse som estridente não garantiram a presença do poeta. Colocou a bicicleta encostada no poste e, com um resto de forças, correu até as rochas da praia, onde descobriu Neruda de joelhos cavando na areia.

— Tive sorte — gritou, enquanto saltava sobre as rochas aproximando-se. — Telegrama!

— Você teve de madrugar, garoto...

Mario chegou ao seu lado e dedicou ao poeta dez minutos de respiração ofegante antes de recuperar a fala.

— Não me importo. Tive muita sorte porque preciso falar com o senhor.

— Deve ser muito importante. Você bufa como um cavalo!

Mario limpou o suor da testa com uma passada de mão, secou o telegrama em suas coxas e o colocou numa das mãos do poeta.

— Dom Pablo — declarou solene. — Estou apaixonado.

O poeta fez um leque com o telegrama, que começou a sacudir diante do queixo.

— Bom — replicou —, não é tão grave. Isso tem remédio.

— Remédio? Dom Pablo, se isso tem remédio eu só quero estar doente. Estou apaixonado, perdidamente apaixonado.

A voz do poeta, tradicionalmente lenta, pareceu dessa vez deixar cair duas pedras em vez de palavras.

— Contra quem?

— Dom Pablo!?!

— *Por* quem, homem?

— Chama-se Beatriz.

— Dante, inferno!

— Mas, dom Pablo!!?

— Houve uma vez um poeta que se apaixonou por uma Beatriz. As Beatrizes produzem amores incomensuráveis.

O carteiro esgrimiu sua esferográfica Bic e esfregou com ela a palma da mão esquerda.

— O que você está fazendo?

— Escrevendo o nome desse poeta. Dante.

— Dante Alighieri.

— Com "h"?

— Não, homem, com "a".

— "A"? Como "alfazema"?

— Como "alfazema" e "alface".

— Ué, dom Pablo? Como é mesmo?

O poeta pegou sua esferográfica verde, pôs a palma da mão do rapaz sobre a rocha e escreveu com letras pomposas. Quando se dispunha a abrir o telegrama, Mario deu-se um tapa com a ilustre mão na testa e suspirou.

— Dom Pab!o, estou apaixonado.

— Isso você já disse. E em que posso servi-lo?

— Tem que me ajudar.

— Na minha idade?

— Tem que me ajudar porque não sei o que dizer a ela. Vejo-a diante de mim e é como se eu fosse mudo. Não me sai uma única palavra.

— Mas como? Você não falou com ela?!

— Quase nada. Ontem fui embora passeando pela praia como o senhor mandou. Contemplei o mar por um bocado de tempo e não me ocorreu nenhuma metáfora. Aí entrei na estalagem e comprei uma garrafa de vinho. Pois bem: foi ela que me vendeu a garrafa.

— Beatriz.

— Beatriz. Fiquei olhando e me apaixonei por ela.

Neruda coçou sua plácida careca com o lápis.

— Tão rápido?

— Não, tão rápido, não. Fiquei olhando para ela uns dez minutos.

— E ela?

— Ela me disse: "Ei, o que você está olhando? Por acaso tenho cara de macaco?"

— E você?

— Não me ocorreu nada.

— Nada de nada?! Você não lhe disse nem uma palavra?

— Nada de nada exatamente, não. Eu disse cinco palavras.

— Quais?

— "Como se chama?"

— E ela?

— "Beatriz González."

— Você perguntou "Como se chama". Bom, isso dá três palavras. Quais foram as outras duas?

— "Beatriz González."

— Beatriz González?

— Ela me disse "Beatriz González" e então eu repeti "Beatriz González".

— Filho, você me trouxe um telegrama urgente e, se continuarmos conversando, a notícia vai apodrecer na minha mão.

— Está bem, abra.

— Como carteiro você devia saber que a correspondência é particular.

— Eu jamais abri uma carta sua.

— Não digo isso. O que eu quero dizer é que a pessoa tem o direito de ler suas cartas tranquilamente, sem espiões nem testemunhas.

— Compreendo, dom Pablo.

— Alegro-me.

Mario sentiu que a angústia que o invadia era mais violenta que seu suor. Com uma voz obstinada, sussurrou:

— Até logo, poeta.

— Até logo, Mario.

O poeta lhe passou uma nota da categoria "muito bem" na esperança de encerrar o episódio com as artes da generosidade. Mas Mario contemplou-a com agonia e, devolvendo-a, disse:

— Se não fosse muito incômodo, eu gostaria que, em vez de me dar dinheiro, escrevesse uma poesia para ela.

Fazia anos que Pablo Neruda não corria, mas agora sentiu a compulsão de se ausentar desta passagem como aquelas aves migratórias que Bécquer havia cantado com tanta doçura. Com a velocidade que lhe permitiam os anos e seu corpo, distanciou-se em direção à praia levantando os braços ao céu.

— Mas eu nem sequer a conheço... Um poeta precisa conhecer uma pessoa para se inspirar. Não pode chegar e inventar alguma coisa assim do nada.

— Olhe, poeta — perseguia-o o carteiro —, se o senhor cria tantos problemas por causa de um simples poema, nunca vai ganhar o Prêmio Nobel...

Neruda se deteve, sem ar.

— Olhe, Mario. Peço-lhe que me belisque para me despertar desse pesadelo.

— Mas, então, o que lhe vou dizer, dom Pablo? O senhor é a única pessoa na aldeia que pode me ajudar. Todos os outros são pescadores que não sabem dizer nada.

— Mas esses pescadores também se apaixonaram e conseguiram dizer alguma coisa às garotas de quem gostavam.

— Só baboseiras!

— Mas fizeram com que elas se apaixonassem por eles e eles se casassem com elas. Que faz o seu pai?

— É pescador, ora.

— Está aí! Alguma vez deve ter falado com a sua mãe para convencê-la a se casar com ele...

— Dom Pablo: a comparação não vale porque Beatriz é muito mais linda que a minha mãe.

— Mario querido, não resisto à curiosidade de ler este telegrama. Pode me dar licença?

— Com todo prazer.

— Obrigado.

Neruda quis rasgar o envelope com a mensagem mas, na prática, o despedaçou. Levantando-se na ponta dos pés, Mario tentou espiar o conteúdo sobre seu ombro.

— Não é da Suécia, é?

— Não.

— O senhor acha que vão lhe dar o Prêmio Nobel este ano?

— Já deixei de me preocupar com isso. Acho irritante ver meu nome aparecer nas disputas anuais como se eu fosse um cavalo de corrida.

— Então, de quem é o telegrama?

— Do Comitê Central do Partido.

O poeta fez uma pausa trágica.

— Rapaz, não será por acaso hoje sexta-feira 13?

— Más notícias?!?

— Péssimas! Estão me oferecendo ser candidato à presidência da República!

— Mas, dom Pablo, isso é formidável!

— Formidável é ser convidado. Mas... e se eu chego mesmo a ser eleito?

— Claro que vai ser eleito. Todo mundo conhece o senhor. Na casa do meu pai só tem um livro, e é seu.

— E o que isso prova?

— Como o que prova? Se o meu pai, que não sabe ler nem escrever, tem um livro seu, isso significa que ganharemos.

— "Ganharemos?"

— Claro, eu vou votar no senhor de qualquer jeito.

— Agradeço seu apoio.

Neruda dobrou os restos mortais do telegrama e o sepultou no bolso traseiro da calça. O carteiro olhava para ele com uma expressão úmida nos olhos que fez o poeta recordar um cachorro debaixo da garoa em Parral.*

Sem um ricto, disse:

— Agora vamos até a estalagem conhecer essa famosa Beatriz González.

---

* Pequena cidade a 260 quilômetros ao sul de Santiago, onde nasceu Neruda. (*N. do E.*)

— Dom Pablo, está brincando?

— Falo sério. Vamos até o bar, provamos um vinhozinho e damos uma espiada na noiva.

— Ela vai morrer de infarto se nos vir juntos! Pablo Neruda e Mario Jiménez tomando vinho juntos na estalagem! Vai morrer!

— Isso seria muito triste. Em vez de escrever uma poesia para ela, eu teria de confeccionar um epitáfio...

O poeta se pôs a caminho energicamente, mas, ao ver que Mario ficara para trás, abobalhado no horizonte, deu meia-volta e lhe disse:

— E, agora, o que há?

Correndo, o carteiro logo chegou ao seu lado e olhou em seus olhos:

— Dom Pablo, se eu me casar com Beatriz González, o senhor aceitaria ser o padrinho do casamento?

Neruda acariciou o queixo perfeitamente barbeado, fingiu matutar a resposta e logo levou um dedo apodítico à frente.

— Depois que tomarmos o vinho na estalagem é que vamos falar sobre essas duas questões.

— Que duas?

— A presidência da República e Beatriz González.

6

Quando o pescador viu entrar na estalagem Pablo Neruda acompanhado de um jovem anônimo, que, mais do que carregar uma bolsa de couro, parecia estar aferrado a ela, decidiu alertar a nova estalajadeira sobre a parcialmente distinta afluência.

— Procuram lugar?

Os recém-chegados ocuparam dois assentos diante do balcão e viram cruzar por todo o seu comprimento uma garota de uns 17 anos com um cabelo castanho encaracolado e desfeito pela brisa, com olhos marrons tristes e firmes, redondos como ameixas, um pescoço que deslizava até uns seios maliciosamente oprimidos por uma camiseta branca dois números menor que o necessário, dois mamilos, embora cobertos, perturbadores e uma cintura daquelas que se agarra para dançar tango até que a madrugada e o vinho se acabem. Houve um breve lapso de tempo, suficiente para que a menina deixasse o balcão e chegasse ao tablado da sala, antes que aparecesse aquela parte do corpo que lhe sustentava os atributos. Ou seja, o setor básico da cintura, que se abria num par de quadris embriagadores, temperados por uma minissaia que era uma chamada de atenção para as pernas, que depois de deslizarem pelos joelhos acobreados concluíam como uma lenta dança num par de pés descalços, agrestes e circulares, e, a partir daí, a pele exigia o retorno minucioso sobre cada segmento até alcançar esses olhos café que souberam mudar da melancolia à malícia enquanto estiveram sobre a mesa dos frequentadores.

— O rei do totó — disse Beatriz González, apoiando o mindinho sobre a mesa lustrosa. — Que desejam?

Mario manteve seu olhar nos olhos dela e durante meio minuto tentou fazer com que o cérebro o dotasse com as informações mínimas para sobreviver ao trauma que o oprimia: quem sou, onde estou, como se respira, como se fala?

Embora a garota tenha repetido "Que deseja?", tamborilando com todo o elenco de seus frágeis dedos sobre a mesa, Mario Jiménez só pôde atinar em aperfeiçoar seu silêncio. E, então, Beatriz González dirigiu o imperativo olhar para seu acompanhante e emitiu, com uma voz modulada por essa língua que fulgurava entre os abundantes dentes, uma pergunta que, em outras circunstâncias, Neruda teria considerado rotineira:

— E o que deseja o senhor?

— O mesmo que ele — respondeu o poeta.

7

Dois dias depois um caminhão coberto de cartazes com a imagem do poeta, que proclamavam "Neruda, presidente" chegou para sequestrá-lo de seu refúgio. O poeta resumiu a impressão em seu diário: "A vida política veio como um trovão arrancar-me de meus trabalhos. A multidão humana tem sido para mim a lição de minha vida. Posso chegar a ela com a inerente timidez do poeta, com o temor do tímido, mas, uma vez em seu seio, me sinto transfigurado. Sou parte da maioria essencial, sou mais uma folha da grande árvore humana."

Uma triste folha dessa árvore acudiu em despedida ao poeta: o carteiro Mario Jiménez. Não teve consolo nem quando o poeta, depois de abraçá-lo, presenteou-o com certa pompa com a edição Losada em papel-bíblia e três volumes encadernados em couro vermelho de suas *Obras completas*. Nem tampouco o desgosto o abandonou ao ler a dedicatória que outrora haveria superado seus anseios: "Ao meu íntimo amigo e companheiro Mario Jiménez, Pablo Neruda."

Viu o caminhão partir pela estrada de terra e desejou que esse pó que levantava o cobrisse definitivamente, como a um vigoroso cadáver.

Por lealdade ao poeta, jurou não deixar a vida sem antes ter lido cada uma dessas três mil páginas. Despachou as primeiras cinquenta ao pé do campanário, enquanto o mar, que tantas imagens fulgurantes inspirara ao poeta, qual monótono ponto de teatro, o distraía com o estribilho: "Beatriz González, Beatriz González..."

Andou por dois dias rodeando o balcão com os três volumes amarrados no bagageiro da bicicleta e um caderno marca Torre adquirido em San Antonio no qual se havia proposto anotar as eventuais imagens que seu trato com a torrencial lírica do poeta o ajudara a conceber. Nesse lapso de tempo, os pescadores que o viam azafamado com o lápis, desfalecente diante das fauces do oceano, sem saber que o garoto enchia as folhas com deslavados círculos e triângulos, cujo nulo conteúdo era uma radiografia de sua imaginação. Bastaram essas poucas horas para que na enseada corresse a voz de que, ausente Pablo Neruda da Ilha Negra, o carteiro Mario Jiménez se empenhava em herdar seu cetro. Ocupado profissionalmente com seu minucioso desconsolo, não se precaveu contra os mexericos e gracejos até que uma tarde, em que trafegava pelas páginas finais do *Extravagario*, sentado no molhe onde os pescadores ofereciam seus mariscos, chegou uma caminhonete com alto-falantes que proclamavam entre chiados a ordem: "Deter o marxismo com o candidato do Chile: Jorge Alessandri", matizada por uma outra, não tão inventiva, mas pelo menos certa: "Um homem com experiência no governo: Jorge Alessandri Rodriguez." Do estridente veículo desceram dois homens vestidos de branco e se aproximaram do grupo com sorrisos pletóricos, escassos naquelas imediações onde a carência de dentes não favorecia esses esbanjamentos. Um deles era o deputado Labbé, representante da direita na região, que na última campanha havia prometido estender o serviço elétrico até a enseada, e que lentamente se aproximava do cumprimento de seu juramento como constava com a inauguração de um desconcertante semáforo — apesar das três cores regulamentares — no cruzamento de terra onde transitavam o caminhão que recolhia os peixes, a bicicleta Legnano de Mario Jiménez, burros, cachorros e aturdidas galinhas.

— Aqui estamos, trabalhando por Alessandri — disse, enquanto distribuía panfletos ao grupo.

Os pescadores os apanharam com a cortesia que proporcionam os anos de esquerda e analfabetismo, olharam a foto do ex-mandatário ancião, cuja expressão ia bem com suas práticas e prédicas austeras, e enfiaram as folhas nos bolsos de suas camisas. Só Mario a estendeu de volta.

— Vou votar em Neruda — disse.

O deputado Labbé estendeu ao grupo de pescadores o sorriso dirigido a Mario. Todos ficavam enternecidos com a simpatia de Labbé. Talvez o próprio Alessandri soubesse disso, e por esse motivo o enviava para fazer sua campanha entre pescadores especializados em pescar com anzóis e em evitar que eles mesmos sejam pescados.

— Neruda — repetiu Labbé, dando a impressão de que as sílabas do nome do poeta percorriam cada um de seus dentes. — Neruda é um grande poeta. Talvez o maior de todos os poetas. Porém, senhores, não o vejo como presidente do Chile.

Acossou Mario com o panfleto, dizendo:

— Leia, rapaz. No mínimo vai se convencer.

O carteiro guardou o papel dobrado no bolso enquanto o deputado se agachava retirando amêijoas de uma cesta.

— Quanto está a dúzia?

— Cento e cinquenta, para o senhor!

— Cento e cinquenta? Por esse preço você tem de garantir que cada amêijoa traga uma pérola!

Os pescadores riram, contagiados pela naturalidade de Labbé; essa graça que têm alguns ricos chilenos que criam um ambiente agradável onde quer que estejam. O deputado se levantou, com dois passos se distanciou de Mario e agora, carregando a simpatia de seu áulico sorriso quase até a bem-aventurança, lhe disse em voz alta o suficiente para que não ficasse ninguém sem escutar:

— Ouvi dizer que você deu para a poesia. Dizem que faz concorrência a Pablo Neruda...

As gargalhadas dos pescadores explodiram tão rápidas como o rubor em sua pele: sentiu-se atorado, tarugado, asfixiado, conturbado, atrofiado, tosco, grosso, encarnado, escarlate, carmesim, vermelho, vermelhão, púrpura, úmido, abatido, aglutinado, terminal. Dessa vez acudiram-lhe palavras à mente, mas foram: "Quero morrer."

Mas, então, o deputado, com um gesto principesco, ordenou a seu assistente que extraísse algo da pastinha de couro. O que saiu brilhando debaixo do sol da enseada foi um álbum forrado de couro azul com duas letras em pó dourado cuja nobre textura quase fazia empalidecer o bom couro da edição Losada do poeta.

Um profundo carinho inundou os olhos de Labbé ao passar-lhe o álbum, dizendo:

— Tome, rapaz. Para que escreva seus poemas.

Lenta e deliciosamente o rubor se foi desvanecendo de sua pele como se uma fresca onda houvesse chegado para salvá-lo e a brisa o enxugasse, e a vida fosse, se não bela, pelo menos tolerável. Sua primeira respiração foi profundamente suspirada e, com um sorriso proletário, não menos simpático que o de Labbé, disse, enquanto seus dedos deslizam pela polida superfície de couro azul:

— Obrigado, doutor Labbé.

8

Eram tão acetinadas as folhas do álbum, tão imaculada sua brancura, que Mario Jiménez encontrou um feliz pretexto para não escrever seus versos nelas. Só quando houvesse escrevinhado o caderno Torre de rascunho é que tomaria a iniciativa de desinfetar as mãos com sabonete Flores de Pravia e expurgaria suas metáforas para passar a limpo só as melhores, com uma esferográfica verde, como as que o poeta exauria. Sua infertilidade cresceu nas semanas seguintes em proporção contraditória à sua fama de poeta. Tanto se havia divulgado seu namoro com as musas que o boato chegou até o telegrafista, que o intimou a ler alguns de seus versos num ato político-cultural do Partido Socialista de San Antonio. O carteiro concordou em recitar a "Ode ao vento" de

Neruda, acontecimento que lhe valeu uma pequena ovação e a solicitação de que em novas reuniões distraísse militantes e partidários com a "Ode ao ensopado de congro". Muito à vontade, o telegrafista se propôs a organizar novo sarau entre os pescadores do porto.

Nem suas aparições em público nem a preguiça provocada pelo fato de não ter cliente a quem distribuir correspondência aliviaram a ânsia de abordar Beatriz González, que a cada dia aperfeiçoava sua beleza, ignorante do efeito que esses progressos provocavam no carteiro.

Quando este, finalmente, memorizou uma generosa quota de versos do poeta e se dispôs a ministrá-los para seduzi-la, deu de cara com uma temível instituição no Chile: as sogras. Certa manhã, em que dissimulou sua espera pacientemente debaixo do poste, e que viu Beatriz abrir a porta de sua casa e saltou até ela rezando seu nome, irrompeu a mãe na cena; encarou-o como a um inseto e disse "Bom dia" num tom que inconfundivelmente significava "desapareça".

No dia seguinte, optando por uma estratégia diplomática, num instante em que sua adorada não estava na estalagem, chegou ao bar, colocou a bolsa sobre o balcão e pediu à mãe uma garrafa de vinho de excelente marca, que começou a enfiar entre cartas e impressos.

Depois de pigarrear, dedicou um olhar à estalagem como se a visse pela primeira vez e disse:

— É lindo este lugar...

A mãe de Beatriz comentou cortesmente:

— Não perguntei sua opinião.

Mario cravou a vista em sua bolsa de couro, com ganas de fundir-se nela, fazendo companhia à garrafa. Pigarreou novamente:

— Juntou muita correspondência para Neruda. Eu tenho trazido sempre, para que não se perca.

A mulher cruzou os braços e, levantando seu nariz intratável, disse:

— Bom, e pra que está me contando tudo isso? Ou por acaso quer puxar conversa?

Estimulado por esse fraternal diálogo, no crepúsculo desse mesmo dia, quando o sol laranja faria as delícias de aprendizes de bardos e apaixonados, sem perceber que a mãe da garota o observava desde a varanda de sua casa, seguiu os passos de Beatriz pela praia e, na altura do rochedo, com o coração na mandíbula, falou a ela. No início, com veemência, mas logo, como se fosse uma marionete e Neruda seu ventríloquo, conseguiu uma fluidez que permitiu que as imagens se tramassem com tal encanto que a conversa, ou melhor, o recital, durou até que a escuridão fosse absoluta.

Quando Beatriz voltou do rochedo diretamente para a estalagem e, sonâmbula, levantou da mesa uma garrafa consumida pela metade que dois pescadores esvaziavam cantarolando o bolero "A vela", de Roberto Lecaros, provocando-lhes estupor, para logo avançar com a bebida em direção à sua casa, a mãe disse a si mesma que estava na hora de fechar; eximiu os clientes do pagamento do frustrado consumo, acompanhou-os até a porta e acionou o cadeado.

Encontrou-a no quarto, exposta ao vento outonal, o olhar acossado pela oblíqua lua cheia, a penumbra difusa sobre a colcha, a respiração agitada.

— Que está fazendo?

— Estou pensando.

Sem avisar, pressionou o interruptor e a luz agrediu o rosto desarvorado.

— Se você está pensando, quero ver com que cara fica quando pensa. — Beatriz cobriu os olhos com as mãos. — E com a janela aberta em pleno outono!

— É o meu quarto, mamãe.

— Mas as contas do médico quem paga sou eu. Vamos falar francamente, filhinha. Quem é ele?

— Chama-se Mario.

— E faz o quê?

— É carteiro.

— Carteiro?

— Não viu a bolsona dele?

— Claro que vi a bolsona. E também vi para que usou a bolsona. Para enfiar uma garrafa de vinho.

— Porque já havia terminado de entregar as correspondências.

— Para quem leva cartas?

— Para dom Pablo.

— Neruda?

— São amigos, ué.

— Ele lhe disse?

— Eu vi os dois juntos. Outro dia estiveram conversando na estalagem.

— Do que falaram?

— De política.

— Ah, ainda por cima é comunista!

— Mamãe, Neruda vai ser presidente do Chile...

— Filhinha, se você confunde poesia com política, logo logo vai ser mãe solteira. Que disse ele?

Beatriz teve a palavra na ponta da língua, mas adubou-a com sua cálida saliva por alguns segundos.

— Metáforas.

A mãe se aferrou ao enfeite do catre rústico de bronze, apertando-o até se convencer de que poderia derretê-lo.

— Que foi, mamãe? Em que ficou pensando?

A mulher veio para o lado da filha, deixou-se desvanecer sobre o leito e com uma voz desfalecente disse:

— Nunca escutei da sua boca uma palavra tão comprida. Que "metáforas" lhe disse ele?

— Me disse... Me disse que meu sorriso se estende como uma borboleta em meu rosto.

— Que mais?

— Bem, quando ele disse isso eu ri.

— E então?

— Aí ele falou uma coisa do meu riso. Disse que o meu riso era uma rosa, uma lança que se consome, uma água que estala. Disse que o meu riso era uma repentina onda de prata.

A mulher umedeceu os lábios com a língua trêmula.

— E que foi que você fez então?

— Fiquei calada.

— E ele?

— Que mais me disse?

— Não, filhinha. O que mais lhe fez?! Porque esse seu carteiro, além de boca, há de ter mãos.

— Não me tocou um só momento. Disse que estava feliz por estar desfraldado junto a uma jovem pura como a orla de um branco oceano.

— E você?

— Fiquei calada, pensando.

— E ele?

— Disse que gostava quando eu me calava porque estava como ausente.

— E você?

— Olhei para ele.

— E ele?

— Me olhou também. E depois deixou de me olhar nos olhos e ficou por um longo tempo olhando meu cabelo, sem dizer nada, como se estivesse pensando. E então me disse: "Falta-me tempo para celebrar os fios de seus cabelos; um por um devo contá-los e elogiá-los."

A mãe se pôs de pé e cruzou diante do peito as palmas das mãos horizontais como os fios de uma guilhotina.

— Filhinha, não me conte mais. Estamos diante de um caso muito perigoso. Todos os homens que primeiro tocam com a palavra, depois chegam mais longe com as mãos.

— Mas o que têm de mau as palavras?! — quis saber Beatriz, abraçando o travesseiro.

— Não há droga pior que o blá-blá-blá. Faz uma estalajadeira de aldeia se sentir uma princesa veneziana. E depois, quando vem a hora da verdade, a volta à realidade, aí você se dá conta de que as palavras são um cheque sem fundo. Prefiro mil vezes que um bêbado lhe passe a mão na bunda no bar do que fiquem lhe dizendo que um sorriso seu voa mais alto que uma borboleta!

— *Se estende* como uma borboleta! — corrigiu Beatriz.

— Que voe ou que se estenda, dá no mesmo! E sabe por quê? Porque por trás das palavras não há nada. São fogos de bengala que se desmancham no ar.

— As palavras que Mario me disse não se desmancharam no ar. Eu as sei de cor e gosto de pensar nelas enquanto trabalho.

— Já sei. Amanhã você arruma sua malinha e vai passar uns dias com sua tia em Santiago.

— Não quero.

— Não importa a sua opinião. Isso é uma coisa muito séria.

— Mas o que tem de mau num menino falar com você? Isso acontece com todas as garotas!

A mãe deu um nó em seu xale.

— Primeiro, que se nota, a uma légua, que as coisas que ele lhe disse, copiou de Neruda.

Beatriz virou o pescoço e olhou a parede como se se tratasse do horizonte.

— Não, mamãe! Ele estava me olhando e as palavras saíam da sua boca como pássaros.

— Como "pássaros da boca"! Esta mesma noite você arruma a malinha e vai para Santiago! Sabe como é que se chama quando uma pessoa diz coisas de outro e esconde? Plágio! E o seu Mario pode ir parar na cadeia por andar lhe dizendo... metáforas! Eu mesma vou telefonar para o poeta e dizer que o carteiro anda roubando seus versos.

— E como é que a senhora pode estar pensando que dom Pablo vai se preocupar com isso? Ele é candidato à presidência da República; no mínimo, vão lhe dar o Prêmio Nobel, e a senhora vai sair criando caso por causa de um par de metáforas...

A mulher passou o polegar pelo nariz como os boxeadores profissionais.

— "Um par de metáforas." Já viu como você está?

Agarrou a menina pela orelha e a trouxe para cima, até que seus narizes ficassem muito juntos.

— Mamãe!

— Está úmida como uma planta. Você está com uma temperatura, minha filha, que só se cura com dois remédios: trepadas ou viagens. — Soltou o lóbulo da orelha da menina, pegou a valise debaixo da cama e a jogou sobre a colcha. — Comece a fazer sua mala!

— Nem pensar! Eu fico!

— Filhinha, os rios arrastam pedras e as palavras, gravidez. A malinha!

— Eu sei me cuidar.

— E o que você sabe sobre cuidar de si mesma? Assim como a vejo, você gozaria com o toque de uma unha. E lembre-se de que eu lia Neruda muito antes de você. Não saberei eu que quando os homens se esquentam, até o fígado fica poético.

— Neruda é uma pessoa séria. Vai ser presidente!

— Tratando-se de ir para a cama, não há nenhuma diferença entre um presidente, um cura ou um poeta comunista. Você sabe quem escreveu "amo o amor dos marinheiros que beijam e se vão. Deixam uma promessa, nunca mais voltam"?

— Neruda!

— Claro, Neruda! E você fica assim tão bela e fresca?!...

— Eu não ia armar tanto escândalo por causa de um beijo!

— Pelo beijo, não, mas o beijo é a faísca que arma o incêndio. E aqui tem mais um verso de Neruda: "Amo o amor que se reparte em beijos, *leito* e pão." Ou seja, filhinha, falando em grana, a coisa tem até café na cama.

— Mamãe!

— E depois o seu carteiro vai recitar o imortal poema nerudiano que eu escrevi em meu álbum quando tinha a sua mesmíssima idade, senhorita: "Eu não o quero, amada, para que nada nos amarre, para que não nos una nada."

— Essa não entendi.

A mãe foi armando com suas mãos um globinho imaginário, que começava a inflar-se sobre seu umbigo, alcançava o apogeu na altura do ventre e declinava no início das coxas. Acompanhou esse fluido movimento sincopando o verso em cada uma de suas sílabas: "Eu-não-o-que-ro-a-ma-da, pa-ra que na-da nos a-mar-re, pa-ra que não nos u-na na-da."

Perplexa, a menina acompanhou o deslocamento dos dedos de sua mãe e, então, inspirada no sinal da viuvez em redor do anular de sua mão, perguntou com uma voz de passarinho:

— O anel?

A mulher havia jurado não chorar mais em sua vida depois da morte de seu legítimo marido e pai de Beatriz, até que houvesse outro defunto tão querido na família. Mas, desta vez pelo menos, uma lágrima lutou para saltar de suas córneas.

— Sim, filhinha. O anel. Faça sua malinha com toda calma, só isso.

A garota mordeu o travesseiro e depois, mostrando que aqueles dentes, além de seduzir, podiam estraçalhar tanto panos quanto carnes, vociferou:

— Isso é ridículo! Porque um homem me disse que o sorriso abria as asas em minha cara como uma borboleta tenho que ir para Santiago!

— E não seja bobalhona! — arrebentou a mãe também. — *Agora*, o seu sorriso é uma borboleta, mas, amanhã, suas tetas vão ser duas pombas que querem ser arrulhadas, seus mamilos vão ser duas suculentas framboesas, sua língua vai ser a morna alfombra dos deuses, a sua bunda vai ser o velame de um navio e a coisa que agora fumaceia entre as pernas vai ser o forno negro onde se forja o altivo metal da raça! Boa noite!

9

Uma semana Mario andou com as metáforas atravessadas na garganta enquanto Beatriz ou estava presa no quarto, ou saía para fazer compras ou para passear entre o rochedo com as garras da mãe em seu antebraço. Seguia as duas muito à distância, escamoteando-se entre as dunas, com a certeza de que sua presença era uma rocha na nuca da dona. Cada vez que a menina se virava, a mulher a endireitava com um puxão de orelhas, não menos doloroso por ser protetor.

Durante as tardes ouvia, inconsolável, "A vela", do lado de fora da estalagem, com a esperança de que alguma sombra a trouxesse com essa minissaia que, a essa altura, sonhava levantar com a ponta de sua língua. Com mística juvenil, decidiu não aliviar mediante nenhuma arte manual a fiel e crescente ereção que dissimulava por baixo dos volumes do poeta de dia e que se proibia até a tortura durante as noites. Imaginava, com perdoável romantismo, que cada metáfora cunhada, cada suspiro, cada antecipação da língua dela em suas orelhas, entre suas pernas, era uma força cósmica que nutria seu esperma. Com hectolitros dessa substância melhorada faria Beatriz González elevar-se de felicidade no dia em que Deus resolvesse provar sua existência, colocando-a em seus braços, fosse via infarto ao miocárdio da mãe ou rapto famélico.

Foi no domingo dessa semana que o mesmo caminhão, vermelho, que havia levado Neruda dois meses antes, o trouxe de volta ao seu refúgio da Ilha Negra. Só que, agora, o caminhão vinha forrado de cartazes de um homem com cara de padre severo, mas com um terno e nobre peito de pomba. Debaixo de cada um estava seu nome: Salvador Allende.

Os pescadores começaram a correr atrás do caminhão, e Mario testou com eles seus escassos dotes de atleta. No portão da casa, Neruda — poncho dobrado sobre o ombro e seu clássico boné — improvisou um breve discurso que pareceu eterno a Mario:

— Minha candidatura pegou fogo — disse o poeta, cheirando o mar que também era sua casa. — Não havia lugar em que não me solicitassem. Cheguei a me comover com aquelas centenas de homens e mulheres da cidade que me apertavam, me beijavam e choravam. Falava com todos eles ou lia minhas poesias. Às vezes em plena chuva, no barro das ruas e dos caminhos. Debaixo do vento austral que faz a gente tiritar. Ia me entusiasmando. Cada vez eu assistia a mais gente nos meus comícios. Cada vez mais mulheres acudiam.

Os pescadores riram.

— Com fascínio e terror comecei a pensar no que ia fazer se eu fosse eleito presidente da República. Aí chegou uma boa notícia. — O poeta estendeu o braço apontando para os cartazes no caminhão. — Allende surgiu como candidato único de todas as forças da Unidade Popular. Com aprovação do meu partido, apresentei rapidamente minha renúncia à candidatura. Diante de uma enorme e alegre multidão falei da minha renúncia e da candidatura de Allende.

O auditório aplaudiu com uma força superior ao número ali congregado e, quando Neruda desceu do palanque, louco para reencontrar sua escrivaninha, suas conchas, seus versos interrompidos e suas figuras de proa, Mario o abordou com duas palavras que soaram como uma súplica.

— Dom Pablo...

O poeta fez um movimento sutil, digno de um toureiro, e escapou do rapaz.

— Amanhã — disse a ele —, amanhã.

Essa noite o carteiro entreteve sua insônia contando estrelas, roendo as unhas, consumindo um acre vinho tinto e coçando o rosto.

Quando o telegrafista, no dia seguinte, presenciou o espetáculo de seus restos mortais, antes de entregar a correspondência do poeta, apiedou-se e lhe confiou o único consolo realista que pôde arranjar:

— A Beatriz agora é uma beleza. Mas daqui a cinquenta anos será uma velha. Console-se com este pensamento.

Em seguida, estendeu o pacote do correio e, ao soltar o elástico que o atava, uma carta chamou de tal maneira a atenção do rapaz que outra vez ele abandonou o restante em cima do balcão.

Encontrou o poeta ambientando-se com um reforçado café da manhã no terraço enquanto as gaivotas revoavam, aturdidas pelo reflexo do sol cortante sobre o mar.

— Dom Pablo — sentenciou com voz transcendente —, trago uma carta.

O poeta saboreou um gole de seu forte café e levantou os ombros.

— Sendo você o carteiro, não acho estranho.

— Como amigo, vizinho e companheiro, peço que abra e me leia.

— Que eu leia uma carta minha para você?

— É, porque é da mãe de Beatriz.

Estendeu-a por cima da mesa, afiada como uma adaga.

— A mãe de Beatriz me escrevendo? Aqui tem gato escondido. Por falar nisso, lembrei minha "Ode ao gato". Ainda acho que tem umas três imagens resgatáveis. O gato como mínimo tigre de salão, como a polícia secreta das casas e como sultão dos telhados eróticos.

— Poeta, hoje eu não estou para metáforas. A carta, por favor.

Ao rasgar o envelope com a faquinha da manteiga, procedeu com uma imperícia tão voluntária que a operação ultrapassou o minuto. "Têm razão as pessoas que dizem que a vingança é o prazer dos deuses", pensou, enquanto se detinha a estudar o selo na frente do envelope e, considerando cada caracol da barba do prócere que o animava, simulava decifrar o inescrutável carimbo da agência de correio de San Antonio, e partia uma migalha de pão crocante que se havia grudado no remetente. Nenhum mestre do filme policial pusera o carteiro em tal suspense. Órfão de unhas, ele mordeu uma por uma as pontas dos dedos.

O poeta começou a ler a mensagem com a mesma entoação com que dramatizava seus versos:

— "Estimado dom Pablo. Quem escreve é Rosa, viúva de González, nova concessionária da estalagem da enseada, admiradora de sua poesia e simpatizante democrata cristã. Embora não tivesse votado pelo senhor, nem votarei por Allende nas próximas eleições, peço-lhe como mãe, como chilena e como vizinha da Ilha Negra, um encontro urgente para falar com o senhor..."

A partir deste momento, foi mais o estupor que a malícia que fez com que o poeta lesse em silêncio as últimas linhas. A súbita gravidade de seu rosto fez sangrar a cutícula do mindinho do carteiro. Neruda começou a dobrar a carta, atravessou o rapaz com uma olhadela e terminou de memória:

— "...sobre um tal Mario Jiménez, *sedutor de menores*. Sem mais, saúda atenciosamente ao senhor. Rosa, viúva de González."

Pôs-se de pé com íntima convicção:

— Companheiro Mario Jiménez, nesta cova não me enfio, disse o coelho.

Mario o perseguiu até a sala abarrotada de conchas, livros e figuras de proa.

— Não pode me deixar na mão, dom Pablo. Fale com a dona e peça a ela que não seja louca.

— Filho, eu sou só um poeta, mais nada. Não domino a exímia arte de destripar sogras.

— O senhor tem de me ajudar, porque o senhor mesmo escreveu: "Não gosto da casa sem telhado, a janela sem vidros. Não gosto do dia sem trabalho e da noite sem sono. Não gosto do homem sem mulher, nem da mulher sem homem. Eu quero que as vidas se integrem, acendendo os beijos até agora apagados. Eu sou um bom poeta casamenteiro." Espero que, agora, não vá me dizer que este poema é um cheque sem fundos!

Duas ondas, uma de palidez outra de assombro, pareceram subir desde o fígado até os olhos do poeta. Disparou, umedecendo os lábios, repentinamente secos:

— Segundo a sua lógica, teria que se enfiar Shakespeare na prisão, pelo assassinato do pai de Hamlet. Se Shakespeare não tivesse escrito a tragédia, com certeza, não acontecia nada ao pai.

— Por favor, poeta, não me confunda mais. O que eu quero é muito simples. Fale com a dona e peça-lhe que me deixe ver Beatriz.

— E com isto você se declara feliz?

— Feliz.

— Se ela permitir que veja Beatriz, você me deixa em paz?

— Pelo menos até amanhã.

— Já é alguma coisa. Vamos telefonar para ela.

— Agora mesmo?

— Imediatamente.

Levantando o telefone, o poeta saboreou os incomensuráveis olhos do garoto.

— Daqui estou ouvindo seu coração latir como um cachorro. Segure-o com a mão, homem.

— Não posso.

— Bom, dê-me o número da estalagem.

— "Um."

— Deve ter lhe custado um mundo para memorizá-lo.

Depois de discar, o carteiro teve de sofrer outra longa pausa antes que o poeta falasse.

— Dona Rosa, viúva do González?

— Às suas ordens.

— Aqui quem fala é Pablo Neruda.

O poeta fez uma coisa que em geral o incomodava: pronunciou o próprio nome imitando um apresentador de televisão anunciando a estrela da moda. Mas, tanto a carta como as primeiras escaramuças com a voz desta mulher lhe faziam intuir que era preciso ceder, inclusive à imoralidade, para resgatar seu carteiro do coma. Não obstante o efeito que seu epônimo nome exercia, recebeu da viúva apenas um simples:

— Ah, ah.

— Queria agradecer sua amável cartinha.

— Não tem que me agradecer nada, meu senhor. Quero falar com o senhor imediatamente.

— Fale, dona Rosa.

— Pessoalmente!

— Onde?

— Onde mandar.

Neruda concedeu-se uma trégua para pensar e disse, cauteloso:

— Então, em minha casa.

— Vou.

Antes de desligar, o poeta sacudiu o fone como se quisesse afugentar algum resto da voz da mulher que houvesse ficado ali dentro.

— O que foi que ela disse? — suplicou Mario.

— "Vou."

Neruda esfregou as mãos e, fechando resignado o caderno que se dispunha encher com verdes metáforas em seu primeiro dia de Ilha Negra, teve a magnificência de dar ao garoto o ânimo de que ele mesmo necessitava:

— Pelo menos aqui jogamos em nosso campo, rapaz.

Foi até o toca-discos e, levantando um dedo subitamente ditoso, proclamou:

— Trouxe para você de Santiago um presente muito especial: "O hino oficial dos carteiros."

Com estas palavras, a música "Please, Mr. Postman", a cargo dos Beatles, expandiu-se pela sala, desestabilizando as figuras de proa, fazendo os veleiros darem voltas dentro das garrafas, fazendo ranger os dentes das máscaras africanas, despetrificando os paralelepípedos, estriando a madeira, amotinando as filigranas das cadeiras artesanais, ressuscitando os amigos mortos inscritos nas vigas do teto, fazendo fumegar os cachimbos de há muito apagados, fazendo tocar violas as pançudas cerâmicas de Quinchamalí, desprender perfume as cocotas da Belle Époque que empapelavam as paredes, galopar o cavalo azul, apitar a grande e vetusta locomotiva arrancada de um poema de Whitman.

E, quando o poeta colocou a capa do disco em suas mãos, como lhe entregando a custódia de um recém-nascido, e começou a dançar agitando seus lentos braços de pelicano como os despenteados campeões dos bailes de bairro, marcando o ritmo com essas pernas que frequentaram a tepidez das coxas de amantes exóticas ou plebeias e que pisaram todos os caminhos possíveis da Terra e aqueles inventados por sua própria gênese, adoçando os golpes da bateria com a trabalhosa mas decantada ourivesaria dos anos, Mario soube que agora vivia um sonho: eram os prolegômenos de um anjo, a promessa de uma glória próxima a chegar, o ritual de uma anunciação que atrairia aos seus braços e aos seus lábios salgados e sedentos a buliçosa saliva de sua amada. Um anjo com a túnica em chamas — com a doçura e a parcimônia do poeta — lhe garantia umas núpcias para breve. Seu rosto se engalanou com essa fresca alegria, e o sorriso esquivo reapareceu com a simplicidade de um pão sobre a mesa de todo dia. "Se um dia eu morrer", disse para si, "quero que o céu seja como neste instante".

Mas os trens que conduzem ao paraíso são sempre locais e se confundem em estações úmidas e sufocantes. Os expressos são só aqueles que viajam para o inferno. Esse mesmo ardor agitou-lhe as veias ao ver avançar por detrás dos janelões dona Rosa, viúva do González, acionando seus pés e o corpo enlutado com a decisão de uma metralhadora. O poeta julgou acertado escamotear o carteiro por trás de uma cortina e logo, girando sobre os calcanhares, arrancou com elegância o boné, oferecendo com um braço a mais macia de suas poltronas à senhora. A viúva, em troca, rechaçou o convite e abriu as duas pernas. Dilatando seu oprimido diafragma, deixou de lado os rodeios:

— O que eu tenho para dizer é muito sério para falar sentada.

— Do que se trata, minha senhora?

— Já faz alguns meses que esse tal Mario Jiménez rodeia minha estalagem. Este senhor anda de gracinhas com minha filha de apenas 17 anos.

— O que foi que ele disse a ela?

A viúva cuspiu entre os dentes:

— Metáforas.

O poeta engoliu a saliva.

— E aí?

— Pois é, dom Pablo, com as metáforas ele mantém minha filha mais quente que uma marmita!

— É inverno, dona Rosa.

— A minha pobre Beatriz está se consumindo toda por esse carteiro. Um homem cujo único capital são os fungos entre os dedos dos pés cansados. Mas se os pés fervem de micróbios, sua boca tem o frescor de uma alface e se enreda como uma alga. E o mais grave, dom Pablo, é que as metáforas para seduzir minha menininha ele copiou descaradamente dos seus livros.

— Não!

— Sim! Ele começou falando inocentemente de um sorriso que era uma borboleta. Mas depois já foi dizendo que seu peito era um fogo de duas chamas!

— E a senhora acha que a imagem empregada foi visual ou tátil? — inquiriu o poeta.

— Tátil — replicou a viúva. — Agora proibi que saísse de casa até que esse senhor Jiménez se evapore. O senhor achará cruel que eu a isole dessa maneira, mas veja bem que achei este poema no meio do sutiã.

— Amarrotado no meio do sutiã?

A mulher desentranhou uma indubitável folha de papel de aritmética marca Torre do próprio regaço e anunciou, como ata judicial, sublinhando o vocábulo *desnuda*, com uma sagacidade detetivesca:

Desnuda és tão simples como uma de tuas mãos,
lisa, terrestre, mínima, redonda, transparente,
tens linhas de lua, caminhos de maçãs,
desnuda és delgada como o trigo desnudo.
Desnuda és azul como a noite em Cuba,
tens trepadeiras e estrelas nos cabelos.
Desnuda és enorme e amarela como o verão
numa igreja de ouropel.

Espremendo o texto com repulsa, sepultou-o de volta no avental e concluiu:

— Isso quer dizer, doutor Neruda, que o seu carteiro viu minha filha nua em pelo!

O poeta, nesse momento, lamentou ter subscrito a doutrina materialista da interpretação do universo, pois teve urgência de pedir misericórdia ao Senhor. Encolhido, arriscou uma glosa sem a excelência daqueles advogados que, como Charles Laughton, convenciam até o morto de que ainda não era cadáver:

— Eu diria, dona Rosa, que do poema não se conclui necessariamente o feito.

A viúva esquadrinhou o poeta com um desprezo infinito:

— Faz 17 anos que a conheço, mais nove meses que a carreguei neste ventre. O poema não mente, dom Pablo: exatamente assim como diz o poema é a minha filhinha quando está nua.

"Meu Deus", rogou o poeta, sem que lhe saíssem as palavras.

— Eu imploro ao senhor — expôs a mulher —, em quem ele se inspira e confia, que ordene a esse tal de Mario Jiménez, carteiro e plagiário, que se abstenha de hoje e por toda a vida de ver minha filha. E diga que se ele não fizer isso, eu mesma, *pessoalmente*, vou me encarregar de arrancar-lhe os olhos, como aquele outro carteirinho, o fresco do Miguel Strogoff.

E já quando a viúva se havia retirado, de algum modo suas partículas ainda ficaram vibrando pelo ar. O poeta disse "Até logo", colocou o boné e sacudiu a cortina atrás da qual se ocultava o carteiro.

— Mario Jiménez — disse sem olhar para ele —, você está pálido como um saco de farinha.

O rapaz o seguiu até o terraço, onde o poeta tratou de aspirar fundo a brisa do mar.

— Dom Pablo, se por fora estou pálido, por dentro estou lívido.

— Não são os adjetivos que vão livrar você dos ferros incandescentes da viúva González. Já o vejo repartindo cartas com um bastão branco, um cachorro negro, com as órbitas dos seus olhos tão vazias como poupança de mendigo.

— Se não posso ver Beatriz, para que vou querer meus olhos?

— Por muito desesperado que esteja você, nesta casa permito que tente poemas, mas não que me cante boleros! Essa tal senhora González talvez não cumpra sua ameaça, mas se a levar a cabo você poderá repetir com toda propriedade o clichê de que a sua vida é escura como uma masmorra.

— Se ela me fizer alguma coisa, vai para a prisão.

O poeta executou um semicírculo teatral pelas costas do garoto com a mesma insídia com que Iago percorria os lóbulos das orelhas de Otelo:

— Umas duas horas e depois ela sai em liberdade condicional. Vai alegar que agiu assim em defesa própria. Dirá, como justificativa, que você atacou a virgindade de sua pupila com arma branca: uma metáfora trovadora como um punhal, incisiva como um canino, dilacerante como um hímen. A poesia com sua saliva buliçosa terá deixado sua marca nos mamilos da noiva. Por muito menos que isto penduraram François Villon numa árvore e o sangue brotou como rosas de seu pescoço.

Mario sentiu seus olhos úmidos e a voz também saiu molhada:

— Não me importa que essa mulher rasgue cada um de meus ossos com uma navalha.

— Pena que não temos um trio de guitarristas aqui para fazer "tu-ru-ru-ru"...

— O que me dói é não poder ver Beatriz — prosseguiu absorto o carteiro. — Seus lábios de cereja, seus olhos lentos e enlutados, como se os tivessem feito à noite. Não poder cheirar aquele morno calor que ela emana!

— A julgar pelo que a velha conta, mais que morno: flamígero.

— Por que a mãe dela me afugenta? Eu quero me casar com ela!...

— Segundo a dona Rosa, afora a sujeira de suas unhas, você não tem outras economias.

— Mas sou jovem e sadio. Tenho dois pulmões com mais fole que um acordeão.

— Mas você só os usa para suspirar pela Beatriz González. Já parece um som asmático como sirene de navio fantasma.

— Ora! Com estes pulmões eu poderia soprar as velas de uma fragata até a Austrália...

— Filho, se você continuar padecendo pela jovem Beatriz González, daqui a um mês não vai ter fôlego nem para apagar as velinhas do seu bolo de aniversário.

— Bom, então o que eu faço? — explodiu Mario.

— Antes de mais nada, não grite, porque não sou surdo!

— Desculpe, dom Pablo.

Tomando seu braço, Neruda mostrou o caminho.

— Em segundo lugar, vá para a sua casa dormir uma sesta. Você está com olheiras mais fundas que prato de sopa.

— Faz uma semana que não prego os olhos. Os pescadores já estão me chamando de "o corujão".

— E dentro de outra semana vão lhe enfiar esse casaco de madeira chamado carinhosamente de ataúde. Mario Jiménez, esta conversa está mais comprida que trem de carga. Até logo.

Haviam alcançado o portão, e o poeta o abriu com um gesto definitivo. Mas até o queixo de Mario se fez pétreo quando foi empurrado de leve em direção ao caminho.

— Poeta e companheiro — disse decidido. — O senhor me enfiou neste embrulho e o senhor daqui vai me tirar. O senhor me deu seus livros de presente, ensinou-me a usar a língua para algo mais que pregar selos. O senhor tem culpa de que eu me tenha apaixonado.

— Não senhor! Uma coisa é eu ter dado de presente a você um par de meus livros, e outra, bem distinta, é que eu tenha autorizado você a plagiá-los. Além do mais, você deu a ela o poema que eu escrevi para Matilde.

— A poesia não é de quem escreve, mas de quem usa!

— Alegra-me muito essa frase tão democrática, mas não levemos a democracia ao extremo de submeter a uma votação dentro da família para saber quem é o pai.

Em um gesto arrebatado, o carteiro abriu sua bolsa e extraiu uma garrafa de vinho da marca preferida do poeta. Este não pôde evitar que ao sorriso se seguisse uma ternura muito semelhante à compaixão. Foram até a sala, levantou o telefone e discou.

— É a dona Rosa, viúva do González? É Pablo Neruda quem está falando outra vez.

Embora Mario quisesse ouvir a réplica pelo aparelho, esta só alcançou o sofrido tímpano do poeta.

— "Nem que fosse Jesus e seus doze apóstolos. O carteiro Mario Jiménez jamais entrará nesta casa."

Acariciando o lóbulo da orelha, Neruda deixou seu olhar vagar até o zênite.

— Dom Pablo, o que foi que aconteceu?

— Nada, homem, nada. Só que agora eu sei o que sente um boxeador quando o nocauteiam logo no primeiro *round*.

10

Na noite de 4 de setembro uma notícia estonteante girou pelo mundo: Salvador Allende ganhara as eleições no Chile como primeiro marxista democraticamente eleito.

A estalagem de dona Rosa em poucos minutos se viu transbordante de pescadores, turistas primaveris, colegiais com atestado para faltar a escola no dia seguinte e o poeta Pablo Neruda, que, com uma estratégia de estadista, abandonou seu refúgio livrando-se dos telefonemas de longa distância das agências internacionais que queriam entrevistá-lo. O augúrio de melhores dias fez com que o dinheiro dos clientes fosse administrado com maior ligeireza, e Rosa não teve outro remédio senão livrar Beatriz do cativeiro para que ajudasse na comemoração.

Mario Jiménez se manteve a uma distância imprudente. Quando o telegrafista desmontou de seu impreciso Ford 40, reunindo-se à festa, o carteiro foi assaltá-lo com uma missão que a euforia política de seu chefe recebeu com benevolência. Tratava-se de um pequeno ato de arcanjo que consistia em sussurrar para Beatriz, quando permitissem as circunstâncias, que ele a esperava no galpão ali perto, onde se guardavam os equipamentos de pesca.

O momento crucial se deu quando, surpreendentemente, o deputado Labbé fez sua entrada no local, com um terno branco como seu sorriso, adiantando-se por entre as provocações dos pescadores que gracejavam dizendo-lhe "Tira o rabo", foi até o balcão onde Neruda esvaziava uns copos e lhe disse, com um gesto versalhesco:

— Dom Pablo, as regras da democracia são assim. Temos de saber perder. Os vencidos saúdam os vencedores.

— Saúde, então, deputado — replicou Neruda, oferecendo-lhe vinho e levantando o próprio copo para fazer um brinde com Labbé. A plateia aplaudiu, os pescadores gritaram "Viva Allende" e logo um "Viva Neruda", e o telegrafista pôde administrar em sigilo o recado de Mario, quase untando com seus lábios o sensual lóbulo da orelha da garota.

Soltando o garrafão de vinho e o avental, a menina pegou um ovo do balcão e foi andando descalça sob as luzes dessa noite estrelada até o encontro.

Ao abrir a porta do galpão, soube distinguir por entre as confusas redes o carteiro sentado sobre um banquinho de sapateiro, o rosto colorido pela luz laranja de uma lamparina de querosene. Por sua vez, Mario pôde identificar, convocando a mesma emoção de antes, a precisa minissaia e a apertada blusa daquele primeiro encontro junto à mesa de totó. Como se combinando com a recordação, a garota alçou o oval e frágil ovo e, depois de fechar a porta com um pé, colocou-o perto de seus lábios. Abaixando-o um pouco até seus seios, o fez deslizar seguindo o palpitante vulto com os dedos dançarinos, fazendo-o resvalar sobre seu estômago liso, trouxe-o até o ventre, o fez escorrer sobre seu sexo, ocultou-o em meio ao triângulo de suas pernas, esquentando-o instantaneamente, e, então, cravou um olhar quente nos olhos de Mario. Este fez uma tentativa para levantar-se, mas a garota o conteve com um gesto. Colocou o ovo sobre a testa, passou-o sobre a superfície acobreada, montou-o sobre o tabique do nariz e, ao chegar aos lábios, enfiou-o na boca, firmando-o entre os dentes.

Mario, nesse mesmo instante, soube que a ereção sustentada com tanta fidelidade durante meses era uma pequena colina em comparação com a cordilheira que emergia de seu púbis, com o vulcão de uma nada metafórica lava que começava a desenfrear seu sangue, a turvar seu olhar, a transformar até sua saliva em uma espécie de esperma. Beatriz indicou-lhe que se ajoelhasse. Embora o piso fosse de madeira tosca, pareceu-lhe um tapete principesco quando a garota quase levitou até ele e se pôs ao seu lado.

Um gesto de suas mãos ilustrou que ele teria de pôr as suas em forma de cestinha. Se alguma vez obedecer lhe havia parecido intragável, agora só desejava a escravidão. A garota se curvou para trás e o ovo, como um ínfimo equilibrista, percorreu cada centímetro do pano de sua blusa e da saia até se deixar apanhar pelas mãos de Mario. Levantou os olhos para Beatriz e viu sua língua transformada em labaredas entre os dentes, os olhos perturbadoramente decididos, as sobrancelhas na espreita, esperando a iniciativa do rapaz. Mario delicadamente levantou o ovo, como se estivesse a ponto de incubar. Colocou-o sobre o ventre da garota e, com um sorriso de prestidigitador, o fez patinar em suas ancas, marcou com ele preguiçosamente a linha das nádegas, o empurrou com os dedos até o costado direito, enquanto Beatriz, com a boca entreaberta, acompanhava com o ventre e os quadris suas pulsações. Quando o ovo completou sua órbita, o jovem o retornou ao arco do ventre, fez a curva nas aberturas dos seios e, levantando-se com ele, infiltrou-o pelo pescoço. Beatriz abaixou o queixo e o reteve ali com um sorriso que era mais uma ordem que uma gentileza. E, então, Mario adiantou a boca até o ovo, prendeu-o entre os dentes e, distanciando-se, esperou que ela viesse resgatá-lo de seus lábios com a própria boca. Ao sentir a carne dela roçar por cima da casca, sua boca deixou que a delícia transbordasse por ele. O primeiro pedaço de pele que ungia era aquele que em seus sonhos ela cedia como o último bastião de um assédio que era contemplado agora com o lamber a cada um de seus poros, o mais tênue cabelinho de seus braços, a sedosa queda de suas pálpebras, o vertiginoso declive de seu pescoço. Era o tempo da colheita, o amor havia amadurecido espesso e duro em seu esqueleto, as palavras voltavam a suas raízes. Neste momento, pensou ele, este, este momento, este este este este este momento, este este, este momento este. Fechou os olhos quando ela tirava o ovo com sua boca. Às escuras, cobriu-a pelas costas enquanto em sua mente uma explosão de peixes cintilantes brotava num oceano calmo. Uma imensa lua o banhava e ele teve a certeza de compreender, com sua saliva sobre essa nuca, o que era o infinito. Chegou até o outro flanco de sua amada e mais uma vez prendeu o ovo entre os dentes. E agora, como se ambos estivessem bailando ao compasso de uma música secreta, ela entreabriu o decote de sua blusa e Mario fez o ovo resvalar entre suas tetas. Beatriz desprendeu o cinto, levantou a asfixiante prenda e o ovo foi arrebentar no chão, enquanto a menina tirou a blusa por cima da cabeça e expôs o dorso dourado pela lâmpada de querosene. Mario abaixou sua apertada minissaia, e quando a fragrante vegetação de sua boceta acariciou seu nariz indagador, não teve outra inspiração senão untá-la com a ponta de sua língua. Neste exato momento Beatriz emitiu um nutrido grito de alento, de soluço, de dissipação, de garganta, de música, de febre, que se prolongou por alguns segundos em que seu corpo inteiro tremeu até se desvanecer. Deixou-se resvalar até a madeira do chão, e depois de colocar um dedo de sigilo sobre o lábio que a havia lambido, trouxe-o úmido até o tecido rústico da calça do garoto e, apalpando a grossura de seu pau, disse com voz rouca:

— Você acabou comigo, seu bobo.

11

O casamento aconteceu dois meses depois — na expressão do telegrafista — que se abrira o placar. Rosa, viúva do González, talhada em maternal perspicácia, não deixou passar por alto que as lides, a partir da festejada inauguração do campeonato, começavam a ter lugar em enfrentamentos matutinos, diurnos e noturnos. A palidez do carteiro se acentuou, e isto não exatamente pelos resfriados, dos quais parecia ter se curado por obra de magia. Beatriz González, por sua parte, segundo o caderno do carteiro e de testemunhas espontâneas, florescia, irradiava, cintilava, resplandecia, fulgurava, rutilava e levitava. De modo que quando, certo sábado à noite, Mario Jiménez se fez presente na estalagem para pedir a mão da garota com a profunda convicção de que seu idílio seria truncado violentamente por um balaço da viúva, que faria ir pelos ares tanto a língua florida quanto seus mais íntimos miolos, Rosa, viúva do González, adestrada na filosofia do pragmatismo, abriu uma garrafa de champanhe Valdivieso, *demi-sec*, serviu três taças que transbordaram de espuma e deu andamento à petição do carteiro sem um esgar, mas com uma frase que substituiu a temida bala: "Ao feito, peito."

Essa ordem teve uma espécie de colofão na porta da mesma igreja onde se ia santificar o irreparável, quando o telegrafista, um erudito em indiscrições, reparou no traje azul de tecido inglês de Neruda e exclamou, lúbrico:

— Vê-se que está muito elegante, poeta...

Neruda ajustou o nó da gravata de seda italiana e disse com acentuada *nonchalance:*

— É que estou em ensaio geral. Allende acaba de me nomear embaixador em Paris.

A viúva de González percorreu a geografia de Neruda, de sua calvície até os sapatos de brilho festivo, e disse:

— Pássaro que come, voa!

Enquanto avançavam pelo tapete até o altar, Neruda confidenciou a Mario uma intuição:

— Muito receio, garoto, que a viúva do González esteja decidida a enfrentar a guerra de metáforas com uma artilharia de refrões.

A festa foi breve por dois motivos. O egrégio padrinho tinha um táxi na porta para levá-lo até o aeroporto, e os jovens esposos alguma pressa para debutar na legalidade depois de meses de clandestinidade. O pai de Mario, não obstante, manhosamente deu um jeito de infiltrar no toca-discos "Uma valsa para jasmim", de Tito Fernández, o Temucano, derramou uma grossa lágrima evocando sua defunta esposa que "lá do céu olha para este dia de felicidade do Mariozinho" e levou para a pista de dança dona Rosa, que se absteve de frases históricas enquanto girava nos braços desse homem "pobre, porém honrado".

Os esforços do carteiro que tendiam a conseguir que Neruda dançasse mais uma vez "Please, Mr. Postman", pelos Beatles, fracassaram. O poeta já se sentia em missão oficial e não incorreu em deslizes que pudessem dar alento à imprensa de oposição, que com três meses de governo de Allende já falava de um estrondoso fracasso.

O telegrafista não apenas declarou a semana entrante feriado para seu súdito Mario Jiménez, como, além disso, liberou-o de assistir às reuniões políticas em que se organizavam as bases para mobilizar as iniciativas do governo popular. "Não se pode ter, ao mesmo tempo, o pássaro na gaiola e a cabeça na pátria", proclamou com inabitual riqueza metafórica.

As cenas vividas no rústico leito de Beatriz durante os meses seguintes fizeram Mario sentir que todo o prazer até então era uma pálida sinopse do filme que agora se oferecia na tela oficial em cinerama e tecnicolor. A pele da garota nunca se esgotava e cada pedaço, cada poro, cada prega, cada pelo, inclusive cada cacho de seu púbis tinha novo sabor.

No quarto mês dessas práticas deliciosas, Rosa, viúva de González, irrompeu certa manhã no quarto do casal — depois de ter aguardado, com discrição, o último gorjeio do orgasmo de sua menina — e, sacudindo os lençóis sem preâmbulos, atirou no chão os corpos eróticos que os cobriam. Só disse uma frase, que Mario ouviu com terror, tapando o que lhe pendurava entre suas pernas:

— Quando consenti que se casasse com minha filha, pensei que ingressava um genro na família e não um cafetão.

O jovem Jiménez viu a sogra abandonar o quarto com uma batida de porta memorável. E ao buscar um olhar solidário de Beatriz, para que apoiasse sua expressão ofendida, não encontrou outra resposta senão uma careta severa.

— Minha mãe tem razão — disse, num tom que pela primeira vez fez o garoto sentir que em suas veias corria o mesmo sangue da viúva.

— O que você quer que eu faça?! — gritou, em um volume suficiente para que toda a enseada se inteirasse. — Se o poeta está em Paris, não tenho a quem entregar cartas, porra.

— Procure um trabalho — latiu sua meiga noiva.

— Não me casei para que me dissessem as mesmas bobagens que papai me dizia.

Pela segunda vez a porta foi tirada do sossego com um golpe que desprendeu da parede a capa do disco dos Beatles dada pelo poeta. Pedalou sua bicicleta furioso até San Antonio, consumiu uma comédia de Rock Hudson e Doris Day no sessão-contínua e desmanchou as horas seguintes espiando as pernas das colegiais na praça ou, então, bebendo cervejas na lanchonete. Foi atrás do compadrio do telegrafista, mas este estava arengando ao pessoal com um discursinho a respeito de como ganhar a batalha da produção, e, depois de dois bocejos, foi-se de volta à enseada. Em vez de entrar na estalagem, dirigiu-se à casa de seu pai.

Dom José colocou uma garrafa em cima da mesa e disse "Me conta". Um copo foi aliviado pelos dois homens, e já o pai acelerou seu diagnóstico:

— Você tem que ir procurar um trabalho, filho.

Embora a vontade de Mario não desse para semelhante epopeia, a montanha veio a Maomé. O governo da Unidade Popular fez sentir sua presença na pequena enseada, quando a direção de Turismo elaborou um plano de férias para os trabalhadores de uma fábrica têxtil em Santiago. Um certo companheiro Rodríguez, geólogo e geógrafo, de língua e olhos acesos, se fez presente na estalagem com uma proposta à viúva de González. Estaria ela disposta a se colocar à altura dos tempos e a transformar seu bar num restaurante que desse almoço e jantar a um contingente de vinte famílias que acampariam nas imediações durante o verão? A viúva esteve reticente só uns cinco minutos. Mas, quando o companheiro Rodríguez deixou-a a par dos ganhos que o novo trabalho carrearia, compulsivamente olhou para seu genro e lhe disse:

— Você estaria disposto a encarregar-se da cozinha, Marito?

Mario Jiménez sentiu que envelhecia dez anos. Sua terna Beatriz estava ali na frente, estimulando-o com um sorriso beatífico.

— Sim — disse, bebendo seu copo de vinho e luzindo o mesmo entusiasmo com que Sócrates tomou a cicuta

Às metáforas do poeta, que continuou cultivando e memorizando, agora se reuniam alguns comestíveis que o sensual poeta havia celebrado em suas obras: cebolas (*redondas rosas de água*), alcachofras (*vestidas de guerreiros e brunidas como granadas*), congros (*gigantes enguias de nevada carne*), alhos (*marfins preciosos*), tomates (*rubras vísceras, frescos sóis*), azeite (*pedestal de perdizes e chave celeste da maionese*), batatas (*farinha da noite*), atuns (*balas do profundo oceano, enlutadas flechas*), ameixas (*pequenos cálices de âmbar dourado*), maçãs (*plenas e puras bochechas cor de arrebol da aurora*), sal (*cristal do mar, olvido das ondas*) e laranjas para tecer a "*chirimoya alegre*", sobremesa que seria o hit do verão com a "Lolita en la playa", com os Minimás.

Em pouco tempo chegaram à enseada alguns jovens operários, que foram cravando postes do casario até a estrada. Segundo o companheiro Rodríguez, os pescadores teriam eletricidade em suas casas antes de três semanas. "Allende cumpre", disse, enrolando a ponta do bigode. Mas os progressos na aldeia traziam problemas paralelos. Um dia em que Mario preparava uma salada à chilena, dedilhando o punhal num tomate como um bailarino da ode de Neruda ("devemos por infelicidade assassiná-lo, fundir a faca em sua polpa vivente"), observou que o olhar do companheiro Rodríguez se havia prendido à bunda de Beatriz, que voltava ao bar depois de ter posto o vinho em sua mesa. E, um minuto depois, quando ela abria o sorriso, quando o cliente pediu "Essa salada à chilena", Mario saltou por cima do balcão, facão em riste, elevou-o entre as duas mãos por cima da cabeça, como tinha visto nos *westerns* japoneses, pôs-se junto à mesa de Rodríguez e o desceu tão feroz e vertical que ficou vibrando, espetado uns quatro centímetros no tampo da mesa. O companheiro Rodríguez, acostumado a precisões geométricas e a medições geológicas, não teve dúvidas de que o estalajadeiro poeta fizera o número à maneira de parábola. Se esta faca assim penetrasse na carne de um cristão, refletiu melancólico, poder-se-ia fazer um *gulash* com seu fígado. Solene, pediu a conta, e se absteve de incorrer na estalagem por tempo indefinido e infinito. Por sua vez, já adestrado no adagiário de dona Rosa, que sempre procurava matar dois pássaros com um tiro só, Mario sugeriu a Beatriz, com um gesto, que constatasse como a sinistra faca continuava abrindo a nobre madeira ainda quando o incidente já havia acontecido há um minuto e tanto.

— Entendi — disse ela.

Os ganhos do novo trabalho permitiram que dona Rosa fizesse alguns investimentos que funcionaram como isca para amarrar novos fregueses. O primeiro foi adquirir uma televisão a ser paga em incômodas prestações mensais que atraiu ao bar um contingente inexplorado: as mulheres dos trabalhadores do *camping*, que deixavam seus homens irem para as barracas relaxar a cabeça numa sesta acalentada pelas lautas rações do almoço, convenientemente suavizado por um tinto espirituoso, as quais consumiam intermináveis infusõezinhas de menta, chazinhos de boldo e outras aguinhas com açúcar, enquanto devoravam gulosamente as imagens da telenovela mexicana *Simplesmente Maria*. E quando depois de cada capítulo surgia na tela um iluminado militante do marxismo na seção cultural denunciando o imperialismo cultural e as ideias reacionárias que os melodramas inculcavam em "nosso povo", as mulheres desligavam a televisão e iam fazer tricô ou largavam uma mão de dominó.

Embora Mario tenha sempre achado que sua sogra fosse mesquinha — "a senhora até parece que tem piranhas na carteira" —, o certo é que ao cabo de um ano de raspar cenouras, chorar cebolas e tirar as escamas de xaréus, ele já tinha juntado dinheiro suficiente para começar a sonhar em transformar seu sonho em realidade: comprar uma passagem aérea e ir visitar Neruda em Paris.

12

Em uma visita à paróquia, o telegrafista expôs seu plano ao padre que havia casado o par e — revistando as utilidades jogadas no depósito da última via-crúcis encenada em San Antonio por Aníbal Reina, padre, popularmente conhecido como o "Brega Reina", apelido que herdou seu talentoso e socialista filho — encontraram um par de asas trançadas com plumas de ganso, patos, galinhas e outros voláteis que, acionadas por um barbante, batiam angelicalmente. Com uma paciência de joalheiro, o pároco montou um pequeno andaime sobre as costas do funcionário do correio, colocou-lhe sua viseira de plástico verde, semelhante às dos gângsteres nas mesas de jogo, e com o tira-manchas Brasso deu um brilho à corrente de ouro do relógio que lhe atravessava a pança.

Ao meio-dia, o telegrafista foi do mar até a estalagem, deixando estupefatos os banhistas, que viram atravessar a areia abrasadora o anjo mais gordo e mais velho de toda a história hagiográfica. Mario, Beatriz e Rosa, ocupados em cálculos visando confeccionar um cardápio capaz de superar os prematuros problemas do abastecimento, pensaram ser vítimas de alucinação. Mas, quando o telegrafista gritou à distância: "Correio de Pablo Neruda para Mario Jiménez!", levantando na mão um pacote com menos selos do que um passaporte chileno, mas com mais faixas que árvore de Natal e na outra mão uma esmerada carta, o carteiro flutuou sobre a areia e arrebatou os dois objetos. Fora de si, colocou ambos em cima da mesa e os ficou observando como se fossem dois preciosos hieróglifos. A viúva, reposta de seu arrebatamento onírico, arguiu o telegrafista com uma tonalidade britânica:

— Vento a favor?

— Vento a favor, mas muitos pássaros contra.

Mario apertou suas duas têmporas e pestanejou de um volume a outro.

— O que abro primeiro, a carta ou o pacote?

— O pacote, filho — sentenciou dona Rosa. — Na carta só vêm palavras.

— Não senhora, primeiro a carta.

— O pacote — disse a viúva, fazendo ademanes de tomá-lo.

O telegrafista abanou-se com a mão e levantou um dedo admoestador diante das narinas da viúva.

— Não seja materialista, sogra.

A mulher se lançou sobre o encosto da cadeira.

— Vamos ver se o senhor me dá uma de culto. O que é um materialista?

— Alguém que, quando tem que escolher entre uma rosa e um frango, escolhe sempre o frango — balbuciou depressa o telegrafista.

Pigarreando, Mario se pôs de pé e disse:

— Senhoras e senhores, vou abrir a carta.

Como já havia resolvido incluir esse envelope, no qual seu nome aparecia firmemente diagramado pela tinta verde do poeta, em sua coleção de troféus na parede do quarto, foi rasgando com a paciência e a leveza de uma formiga. Com as mãos trêmulas pôs o conteúdo em frente a seus olhos e começou a soletrar, cuidando para não saltar nem o mais insignificante sinal:

— "Que-ri-do Ma-rio Ji-mé-nez de pés a-la-dos."

Com um golpe de mão a viúva arrebatou-lhe a carta e começou a patinar sobre as palavras, sem pausa nem entonações:

— "Querido Mario Jiménez de pés alados, recordada Beatriz González de Jiménez, faísca e incêndio da Ilha Negra, excelentíssima senhora Rosa viúva do González, querido futuro herdeiro Pablo Neftalí Jiménez González, delfim da Ilha Negra, exímio nadador na morna placenta de tua mãe, e quando saíres ao sol, rei das rochas e das pipas e campeão de afugentar gaivotas, queridos todos, queridíssimos quatro.

"Não escrevi antes como havia prometido porque não queria enviar só um cartão-postal com as dançarinas de Degas. Sei que esta é a primeira carta que você recebe em sua vida, Mario, e pelo menos teria que ir dentro de um envelope, senão, não vale. Me dá vontade de rir quando penso que esta carta você mesmo teve que entregar. Você logo vai contar tudo sobre a Ilha e vai me dizer o que faz agora que a correspondência vem para mim em Paris. Espero que não tenham despedido você do correio pela ausência do poeta. Ou por acaso o presidente Allende ofereceu a você algum Ministério?

"Ser embaixador na França é uma coisa nova e incômoda para mim. Mas traz um desafio. No Chile fizemos uma revolução à chilena muito admirada e discutida. O nome do Chile se engrandeceu de maneira extraordinária." Humm!

— O humm! é meu — intercalou a viúva, submergindo de novo na carta.

— "Moro com a Matilde num quarto tão grande que daria para alojar um guerreiro com seu cavalo. Mas me sinto muito longe dos meus dias de asas azuis em minha casa da Ilha Negra.

"Com saudades, um abraço do vizinho e casamenteiro, Pablo Neruda."

— Vamos abrir o pacote — disse dona Rosa, depois de cortar com o fatídico facão de cozinheiro as cordas que o atavam. Mario pegou a carta e começou a examinar conscienciosamente o final e, logo depois, o verso.

— Era tudo?

— Que mais você queria então, genro?

— Essa coisa de *P.S.* que se põe quando se termina de escrever.

— Não, não tinha nenhum caralho de *P.S.*

— Acho estranho que seja tão curta. Porque, se a gente olha assim de longe, vê como se ela fosse mais comprida.

— Acontece que a mamãe lê muito rápido — disse Beatriz.

— Rápido ou lento — disse dona Rosa, a ponto de acabar com a corda e o pacote —, as palavras dizem o mesmo. A velocidade independe do que significam as coisas.

Mas Beatriz não escutou o teorema. Tinha se concentrado na expressão ausente de Mario, que parecia dedicar sua perplexidade ao infinito.

— Em que você ficou pensando?

— Em que falta alguma coisa. Quando me ensinaram a escrever cartas no colégio, me disseram que sempre tinha que botar *P.S.* no final e depois acrescentar alguma outra coisa que não se disse na carta. Tenho certeza de que dom Pablo se esqueceu de algo.

Rosa esteve escavando a palha abundante que enchia o pacote até que terminou levantando com a ternura de uma parteira um japonesíssimo gravador Sony com microfone embutido.

— Deve ter custado uma boa nota ao poeta — disse solene.

Dispunha-se a ler um cartão manuscrito em tinta verde, pendurado em um elástico que circundava o aparelho, quando Mario arrebatou-o com a mão.

— Ah! Não senhora! A senhora lê muito rápido.

Colocou o cartão alguns centímetros adiante, como se estivesse apoiando-o numa estante de coral, e foi lendo com seu tradicional estilo soletrante: "Que-ri-do Ma-rio dois-pon-tos a-per-ta o bo-tão do mei-o."

— Você demorou mais para ler o cartão que eu para ler a carta — simulou um bocejo a viúva.

— É que a senhora não lê as palavras, e sim as engole. Tem que se saborear as palavras. A gente tem que deixar que elas desmanchem na boca.

Fez uma espiral com o dedo e logo o assentou na tecla do meio. Ainda que a voz de Neruda tenha saído com fidelidade pela técnica japonesa, só os dias seguintes alertaram o carteiro sobre os avanços nipônicos da eletrônica — pois a primeira palavra do poeta deixou-o conturbado qual elixir: "Pê-esse."

— Como se para isso?! — gritou Mario.

Beatriz pôs um dedo na tecla vermelha.

— "Pê-esse" — dançou o rapaz e imprimiu um beijo no rosto da sogra. — Tinha razão a senhora. *P.S.* Pê-esse! Eu disse que não podia haver carta sem pê-esse! O poeta não se esqueceu de mim. Eu sabia que a primeira carta da minha vida tinha que vir com um pê-esse! Agora está tudo certo, sogrinha. A carta e o pê-esse.

— Muito bem — replicou a viúva. — A carta e o pê-esse. E você chora por isso?

— Eu?

— É.

— Beatriz?

— Sim, você está chorando.

— Mas como estou chorando, se eu não estou triste?... Não sinto nenhuma dor.

— Parece beata em velório — grunhiu Rosa. — Enxugue a cara e aperte de uma vez este botão do meio.

— Bom. Mas desde o começo.

Fez a fita voltar, apertou a tecla indicada e ali estava outra vez a pequena caixa com o poeta dentro. Um Neruda sonoro e portátil. O jovem estendeu o olhar até o mar e teve o sentimento de que a paisagem se completava, que durante meses havia carregado uma carência, que agora podia respirar fundo, que essa dedicatória: "Ao meu íntimo amigo e companheiro Mario Jiménez", fora sincera.

— "Pê-esse" — ouviu outra vez, deslumbrado.

— Cale a boca — disse a viúva.

— Eu não disse nada.

— "Eu queria mandar a você alguma coisa mais, fora as palavras. E assim enfiei minha voz nesta gaiola que canta. Uma gaiola que é um passarinho. É um presente que faço. Mas também queria pedir uma coisa, Mario, que só você pode cumprir. Todos os meus outros amigos ou não saberiam o que fazer ou pensariam que sou um velho caduco e ridículo. Quero que você vá com este gravador passeando pela Ilha Negra e grave todos os sons e ruídos que vá encontrando. Preciso desesperadamente de algo, nem que seja o fantasma da minha casa. A minha saúde não anda nada bem. Sinto falta do mar. Sinto falta dos pássaros. Mande para mim os sons da minha casa. Entre no jardim e faça soar os sinos. Primeiro, grave esse repicar suave dos sininhos pequenos quando o vento bate neles, e depois puxe o cordão do sino maior, cinco, seis vezes. Sinos, meus sinos! Não há nada que soe tão bem como a palavra sino se a penduramos num campanário junto ao mar. E depois vá até as rochas e grave a arrebentação das ondas. E se ouvir gaivotas, grave. E se ouvir o silêncio das estrelas siderais, grave. Paris é muito bonita, mas é uma roupa que fica muito grande para mim. Além do mais, aqui é inverno, e o vento revolve a neve como um moinho a farinha. A neve sobe, sobe, trepa pela minha pele. Ela me faz um triste rei com sua túnica branca. Já está chegando à minha boca, já tapa meus lábios, já não me saem as palavras.

"E para você conhecer um pouco da música da França, estou mandando uma gravação do ano de 1938, que achei abandonada numa loja de discos usados do Quartier Latin. Quantas vezes eu a cantei quando jovem? Sempre quis tê-la e não pude. Chama-se "J'attendrai", quem canta é Rina Ketty, e a letra diz: 'Esperarei dia e noite, sempre esperarei que regresses.'"

Um clarinete introduziu os primeiros compassos, grave, sonâmbulo, e um xilofone os repetiu, leve, mais ou menos nostálgico. E quando Rina Ketty rezou o primeiro verso, o baixo e a bateria a acompanharam, surdo e calmo um, sussurrante e arrastada a outra. Mario soube que dessa vez seu rosto estava molhado de novo e, embora tenha adorado a canção logo no início, saiu discretamente rumo à praia até que o estrondo da marulhada fez com que a melodia já não o alcançasse.

13

Gravou o movimento do mar com a dedicação de um filatelista.

Reduziu sua vida e seu trabalho, ante a ira de Rosa, para seguir os vaivéns da maré alta, o refluxo e a água saltitante animada pelos ventos.

Amarrou o Sony num cordão e o infiltrou entre as gretas das rochas onde esfregavam suas tenazes os caranguejos e os moluscos que se abraçavam às pedras.

No bote de dom José se introduziu além da primeira arrebentação e, protegendo o gravador com um pedaço de náilon, conseguiu quase o efeito estereofônico de ondas de três metros que iam quebrar na praia como palitinhos.

Em outros dias calmos, teve a sorte de conseguir a bicada da gaivota quando caía verticalmente sobre a sardinha, e seu voo rasante na água, controlando segura no bico as últimas convulsões da presa.

Houve também uma ocasião em que alguns pelicanos, pássaros questionadores e anarquistas, bateram suas asas ao longo da borda como se pressentissem que, no dia seguinte, um cardume de sardinhas iria varar na praia. Os filhos dos pescadores recolheram peixes com o simples expediente de afundar no mar os baldes de brinquedo de que se valiam para construir castelos na areia. Tanta sardinha ardeu sobre as brasas das rústicas grelhas aquela noite em que fizeram a sesta os gatos, inflando-se eróticos debaixo da lua cheia, e dona Rosa viu chegar pelas dez da noite um batalhão de pescadores mais secos que os legionários do Saara.

Ao cabo de três horas de esvaziar garrafões de vinho, a viúva do González, desprovida da ajuda de Mario — que efetivamente tentava gravar para Neruda o trânsito das estrelas siderais —, aperfeiçoou a imagem dos legionários com uma frase que dirigiu a dom José Jiménez: "Vocês estão hoje mais secos que esterco de camelo."

Enquanto caíram na mágica maquininha nipônica lúbricas abelhas nos momentos em que tinham orgasmos de sol contra suas trompas franzidas sobre o cálice de margaridas costeiras, enquanto os cachorros vagabundos ladravam para os meteoritos que caíam como festa de ano-novo no Pacífico, enquanto os sinos do terraço de Neruda eram acionados manualmente ou muito caprichosamente orquestrados pelo vento, enquanto o gemido da sirene do farol se expandia e se contraía, evocando a tristeza de um barco fantasma na névoa de alto-mar, enquanto um pequeno coração era detectado, primeiro, pelo tímpano de Mario e, em seguida, pelo gravador no ventre de Beatriz González, as "contradições do processo social e político", como dizia, enrolando frenético os pelos do peito, o companheiro Rodríguez, começaram a impor difíceis situações no pequeno vilarejo.

No começo não havia carne de gado para dar substância aos guisados. A viúva do González viu-se obrigada a improvisar a sopa à base de verduras recolhidas nas hortas vizinhas, que nucleava em redor de ossos com nostalgias de fibras de carne. Depois de uma semana dessa dosagem estratégica, os pensionistas se declararam em comitê e, em turbulenta sessão, expuseram à viúva de González que, embora tivessem a íntima convicção de que o desabastecimento e o mercado negro eram produzidos pela reação conspiradora que pretendia derrubar Allende, fizesse ela o favor de não fazer passar esta água turva de verduras pela *cazuela criolla.** No máximo, precisou o porta-voz, podiam aceitá-la como minestrone; mas, neste caso, a senhora dona Rosa, ex-González, deveria baixar em mais ou menos 1 escudo o preço do cardápio, no mínimo. A viúva não tributou a esses argumentos plausíveis uma atenção comedida. Referindo-se ao entusiasmo com que o proletariado havia eleito Allende, lavou as mãos sobre o problema do desabastecimento com um provérbio que brotou de seu engenho sutil: "Cada porco come o farelo que lhe agrada."

Antes de corrigir os rumos, a viúva parecia o eco das palavras de ordem radical de uma certa esquerda que, com alegre irresponsabilidade, proclamava "avançar sem transigir", e continuou fazendo aguinhas ralas passarem por chá, caldo de gema por *consommé*, minestrone por *cazuela*. Outros produtos se juntaram à lista dos ausentes: o azeite, o açúcar, o arroz, os detergentes e até o famoso *pisco*** de Elqui com que os turistas animavam suas noites de acampamento.

Nesse rico terreno, fez-se presente o deputado Labbé com sua caminhonete guinchante e convocou toda a população da enseada para escutar suas palavras. O cabelo engomado à Gardel, e um sorriso semelhante ao do

* Prato típico chileno, sopa de carne com legumes. (*N. do E.*)
** Cachaça feita do mosto da uva. (*N. do E.*)

general Perón, encontrou uma audiência parcialmente sensível entre as mulheres dos pescadores e as esposas dos turistas quando acusou o governo de incapaz, de ter parado a produção e de provocar o maior desabastecimento da história do mundo: os pobres soviéticos, na conflagração mundial, não passavam tanta fome como o heroico povo chileno; as raquíticas crianças da Etiópia eram vigorosos donzéis em comparação aos nossos filhos desnutridos; só havia uma possibilidade de salvar o Chile das garras definitivas e sanguinárias do marxismo: protestar com tal estrondo, batendo as panelas para que "o tirano" — assim designou ao presidente Allende — ensurdecesse e, paradoxalmente, prestasse ouvidos às queixas de toda a população e renunciasse. E, então, Frei* voltaria, ou Alessandri,** ou o democrata que vocês queiram, e em nosso país haverá liberdade, democracia, carne, frangos e televisão em cores.

Esse discurso, que provocou alguns aplausos das mulheres, foi coroado por uma frase emitida pelo companheiro Rodríguez, que abandonou seu minestrone prematuramente indigesto ao escutar a arenga do deputado:

— Boceta da sua mãe!...

---

* Eduardo Frei Montalva, democrata cristão, presidente do Chile entre 1964-70. (*N. do E.*)

** Jorge Alessandri (Rodríguez), presidente entre 1958-64. (*N. do E.*)

Sem fazer uso do megafone, confiante em seus proletários pulmões, acrescentou a seu galanteio algumas informações que as "companheirazinhas" deviam conhecer se não quisessem ser embromadas por esses sem-vergonhas de colarinho e gravata que sabotam a produção, que acumulam os alimentos em seus armazéns, causando uma carência artificial, que se deixam comprar pelos imperialistas, que conspiram para derrubar o governo do povo. Quando os aplausos das mulheres também coroaram suas palavras, levantou vigorosamente as calças e olhou de forma desafiadora para Labbé, que, treinado na análise das condições objetivas, se limitou a sorrir como bom malandro e a elogiar os restos da democracia no Chile que permitiam que se houvesse produzido um debate em tão alto nível.

Nos dias seguintes, as "contradições do processo", como diziam os sociólogos na televisão, se fizeram sentir na enseada de maneira mais rigorosa que retórica. Os pescadores, mais bem-equipados graças aos créditos do governo socialista e ocasionalmente estimulados por uma popular canção dos Quilapayún* de saborosa rima, "não me digas que merluza não,

* Famoso grupo de música folclórica comprometido com o regime de Allende. (*N. do E.*)

Maripusa, que eu sim, como merluza", com que os economistas e publicitários do regime alentavam o consumo de peixes autóctones que aliviassem o excipiente de divisas para a aquisição de carne, haviam aumentado a produção, e o caminhão frigorífico que recolhia a pesca partia diretamente para a capital com a carroceria cheia.

Quando até o meio de uma quinta-feira de outubro o vital veículo não se fez presente e os peixes começaram a apodrecer debaixo do forte sol primaveril, os pescadores se deram conta de que a pobre, porém idílica, enseada não permanecia alheia a essas tribulações do restante do país, que até então os alcançavam pela rádio ou pela televisão de dona Rosa. Na noite dessa quinta, o deputado Labbé apareceu na tela, em sua qualidade de membro da união dos transportadores, para anunciar que estes haviam iniciado uma greve indefinida com dois objetivos: que o presidente lhes desse tarifas especiais para adquirir peças de reposição e, já que estávamos aí, que o presidente renunciasse.

Dois dias depois, os peixes foram devolvidos ao mar depois de terem impregnado com seu fedor o outrora muito respirável porto e acumulado a maior quantidade de moscas e camundongos da época. Depois de duas semanas em que todo o país tentou com mais heroísmo que eficiência suprir os estragos da greve com trabalhos voluntários, esta foi encerrada, deixando o Chile sem abastecimento e iracundo. O caminhão voltou, mas não o sorriso nos rostos ásperos dos trabalhadores.

14

Danton, Robespierre, Charles de Gaulle, Jean-Paul Belmondo, Charles Aznavour, Brigitte Bardot, Sylvie Vartan, Adamo foram recortados sem clemência por Mario Jiménez de manuais de história francesa ou revistas ilustradas. Junto a um imenso pôster de Paris, doado pela única agência de turismo de San Antonio, onde um avião da Air France se deixava arranhar pela ponta da Torre Eiffel, a coleção de recortes deu um distinto ar cosmopolita às paredes de sua casa. Sua vertiginosa francofilia, contudo, era aplacada por alguns objetos autóctones: uma bandeirola da Confederação Operária Camponesa Ranquil; a efígie da Virgem do Carmo, defendida com unhas e dentes por Beatriz ante sua ameaça de exilá-la na bodega; o "tanque" Campos num glorioso peixinho dos tempos em que a equipe de futebol da Universidade do Chile era celebrada como "o balé azul"; o doutor Salvador Allende com a faixa presidencial tricolor e uma folha arrancada do calendário da editora Lord Cochrane que marcava no tempo sua primeira — e até então — prolongada noite de amor com Beatriz González.

Nessa amena decoração, e depois de meses de conscientizado trabalho, o carteiro gravou, espiando as sensíveis ondulações de seu Sony, o seguinte texto, que reproduzimos aqui tal qual o escutou, duas semanas mais tarde, Pablo Neruda em seu gabinete em Paris:

"Um, dois, três. A flecha se mexe? É, se mexe. (*pigarro*) Querido dom Pablo, muito obrigado pelo presente e pela carta, apesar de que nos bastasse a carta para nos deixar felizes. Mas o Sony é muito bom e interessante, e eu trato de fazer poemas dizendo diretamente para o aparelho, sem escrevê-los. Até o momento, nada que valha a pena. Demorei a atender a sua encomenda porque na Ilha Negra, nesta época, não acontece nada. Agora se instalou aqui uma colônia de férias para os trabalhadores e eu trabalho na cozinha da estalagem. Uma vez por semana vou de bicicleta até San Antonio e recolho um par de cartas que chegam para os veranistas. Nós estamos todos bem e contentes e há uma grande novidade que logo vai perceber. Aposto que já está curioso. Continue ouvindo sem adiantar a fita. Como não vejo a hora de que se inteire da boa notícia, não vou tomar muito de seu precioso tempo. A única coisa que eu queria falar-lhe é que coisas tem a vida. O senhor se queixando de que a neve chega até suas orelhas, e olhe só que eu nunca vi sequer um floco. A não ser no cinema, é claro. Gostaria de estar com o senhor em Paris nadando em neve. Me empoeirando com ela como um rato no moinho. Que engraçado que aqui não neva no Natal! Com certeza, é por culpa do imperialismo ianque! De todos os modos, como sinal de agradecimento por sua linda carta e seu presente, dedico-lhe este poema que escrevi para o senhor, inspirado em suas odes, e que se chama — não me ocorreu um título mais curto — 'Ode à neve sobre Neruda em Paris'. (*pausa e pigarro*)

Suave companheira de passos discretos,
abundante leite dos céus,
avental imaculado de minha escola,
lençol de silenciosos viajantes,
que vão de pensão em pensão
com um retrato enrugado nos bolsos.
Ligeira e plural donzela, asa de milhares de pombas,

lenço que se despede
de não sei que coisa.
Por favor, minha pálida bela,
cai amável sobre Neruda em Paris,
veste-o de gala com teu alvor,
traje de almirante,
e traze-o em tua leve fragata
a este porto onde sentimos tanto sua falta.

(pausa) Bom, até aqui o poema, e agora os sons pedidos.

Um, o vento no campanário da Ilha Negra (*segue-se aproximadamente um minuto do vento no campanário da Ilha Negra*).

Dois, eu tocando o sino grande do campanário da Ilha Negra (*seguem sete batidas de sino*).

Três, as ondas nos rochedos da Ilha Negra (*trata-se de uma montagem com fortes golpes do mar sobre os arrecifes, provavelmente captados num dia de tempestade*).

Quatro, canto das gaivotas (*dois minutos de um curioso efeito estereofônico, em que, aparentemente, quem gravou se aproximou silenciosamente das gaivotas acampadas e começou a espantá-las para que voassem, de tal modo que não só se percebem seus grasnidos, mas também um múltiplo bater de asas de uma sincopada beleza. No meio, pela altura dos 45 segundos da tomada, se escuta a voz de Mario Jiménez gritando 'Gritem, filhas da puta'*).

Cinco, a colmeia de abelhas (*quase três minutos de zumbidos num perigoso primeiro plano, com fundo de latidos de cães e cantos de aves difíceis de identificar*).

Seis, recuo do mar (*um momento antológico da gravação em que, ao que parece, o microfone segue de muito perto a marulhada em seu arrastar efervescente sobre a areia, até que as águas se fundem com uma nova onda. Pode ser uma tomada em que Jiménez corre junto à água sugada e entra no mar para obter a preciosa fusão*).

E sete (*frase entoada com evidente suspense, seguida de pausa*): *Dom Pablo Neftalí Jiménez González (seguem uns dez minutos de estridente choro de recém-nascido*)."

15

As economias de Mario Jiménez destinadas a uma incursão à Cidade-luz foram consumidas pela língua succionadora de Pablo Neftalí, que, não satisfeito em esgotar os seios de Beatriz, se entretinha em consumir robustas mamadeiras de leite com cacau, que, embora obtidas com desconto no Serviço Médico Nacional, sangravam qualquer orçamento. Um ano depois de nascido, Pablo Neftalí não apenas se mostrava hábil em espantar gaivotas, como havia profetizado seu poetíssimo padrinho, mas também ostentava uma curiosa erudição em acidentes. Trepava pelos arrecifes com o passo ágil e firme dos gatos, a quem só imitava até este ponto, para logo escalavrar-se no oceano punçando as nádegas contra os bancos de ouriços, deixando-se picotar os dedos pelos caranguejos, raspando o nariz sobre as estrelas-do-mar, engolindo tanta água salgada que no lapso de três meses se lhe deu por defunto três vezes. A despeito de Mario Jiménez ser partidário de um socialismo utópico, enfastiado de atirar seus problemáticos futuros francos na algibeira do médico pediatra, ele fabricou uma gaiola de madeira na qual arrojava seu amado filho com a convicção de que só assim poderia dormir uma sesta que não culminasse em funeral.

Quando debutaram os dentes no pequeno Jiménez, consta nas barras da jaula que ele tentou serrá-las com seus leitosos caninos. As gengivas coroadas de lascas introduziram um outro personagem na estalagem e no já exangue orçamento de Mario: o dentista.

E assim, quando a Televisão Nacional anunciou, ao meio-dia, que à noite mostrariam as imagens de Pablo Neruda em Estocolmo, agradecendo o Prêmio Nobel de Literatura, teve que pedir dinheiro emprestado para pôr em andamento a festa mais sonora e mais regada que a região haveria de recordar.

O telegrafista trouxe de San Antonio um cabrito cortado por um açougueiro socialista a preço tolerável: "Mercado cinza", precisou ele. Mas também trouxe sua ajuda Domingos Guzmán, um robusto operário portuário que às noites consolava o lumbago desancando uma bateria Yamaha — outra vez os japoneses — no clube *La Rueda*, ante o deleite desses quadris tresnoitados que se punham sensuais e ferozes ao dançar sob seu ritmo o melhor repertório de *cumbias** falsas que, com todo o respeito, Luisín Landáez havia introduzido no Chile.

No assento dianteiro do Ford 40 vinham o telegrafista e Domingos Guzmán, e, no traseiro, a Yamaha e o cabrito. Chegaram cedo, cheios de faixas socialistas, bandeirinhas chilenas de plástico, e estenderam o cabrito à viúva do González que, solenemente, se rendia diante do poeta Neruda, mas que ia bater sua panela como as senhoras de Providencia** em Santiago, até que os comunistas se mandassem do governo. "Vê-se que são melhores poetas que governantes", concluiu.

Beatriz, assistida pelo grupo renovado de mulheres veranistas, desta vez allendistas irredimíveis e capazes de nocautear aqueles a quem se encontrasse um pelo do rabo na Unidade Popular, preparou uma salada com tanta coisa trazida pelo campesinato local que teve de trazer a banheira à cozinha para

---

* Dança popular da Colômbia parecida com a salsa e o merengue. (*N. do E.*)
** Bairro de classe A em Santiago. (*N. do E.*)

que ali naufragassem as alfaces volumosas, os orgulhosos salsões, os tomates saltitantes, as acelgas, as cenouras, os rabanetes, a boa batata, o tenaz coentro, a alfavaca. A maionese gastou nada menos que 14 ovos, e inclusive se encomendou a Pablo Neftalí a delicada missão de espiar a galinha crioula e cantarolar "Venceremos" quando ela depusesse seu ovo diário para quebrá-lo nesse manjar amarelo que ficava espesso, graças a que nenhuma das mulheres estava menstruada nessa tarde.

Não houve casebre de pescador que Mario não visitasse para convidar para a festa. Percorreu toda a enseada e o acampamento de veranistas martelando a buzina de sua bicicleta e irradiando uma felicidade só comparável com a que teve quando Beatriz expulsou o pequeno Pablo de sua placenta, já provido de uma cabeleira à Paul McCartney. Um Prêmio Nobel para o Chile, ainda que fosse de Literatura, arengou o companheiro Rodríguez aos veranistas, é uma glória para o Chile e um triunfo para o presidente Allende. Não havia terminado esta frase quando o jovem pai Jiménez, vítima de uma indignação que deixou elétrico cada nervo e cada terminal de seus cabelos, apertou-lhe o cotovelo e o levou até embaixo do salgueiro-chorão. Sombreados pela árvore, e com um autocontrole aprendido nos filmes de George Raft,

Mario soltou o cotovelo do companheiro Rodríguez e, umedecendo os lábios secos de ira, disse com calma:

— Lembra-se, companheiro Rodríguez, do facão de cozinha, aquele que um dia por acaso caiu da minha mão na mesa quando você estava almoçando?

— Não esqueci — replicou o ativista, acariciando o pâncreas.

Mario assentiu, fez os lábios tensos, como se fosse assobiar para um gato, e depois passou sobre eles a rasante unha do polegar.

— Pois é, ainda o tenho.

Juntaram-se a Domingos Guzmán, Julián de los Reyes no violão, o menino Pedro Alarcón nas maracas, Rosa, viúva do González, vocal, e o companheiro Rodríguez no trompete, pois havia optado por enfiar alguma coisa na boca à maneira de cadeado. O ensaio aconteceu no tablado da estalagem e todo mundo soube de antemão que à noite se dançaria "La vela" (*of course*, conforme disse o oculista Radomiro Spotorno, que veio extraordinariamente à Ilha Negra para curar o olho de Pablo Neftalí arteiramente bicado pela galinha crioula, nos momentos em que o infante examinava seu cu para oportunamente anunciar o ovo). "Poquita fe", por pressão da viúva que se sentia mais no tom em temas românticos e na rubra sacudidela dos imortais "Tiburón, tiburón,

Cumbia de Macondo, Lo que pasa es que la banda está borracha" e — menos pela audaz diligência do companheiro Rodríguez que por distração de Mario Jiménez — "No me digas que merluza no, Maripusa".

Junto à televisão o carteiro pôs uma bandeira chilena, os livros da Losada em papel-bíblia abertos na página do autógrafo, uma esferográfica verde do poeta adquirida de maneira ignóbil por Jiménez, sobre o que não se entra em detalhes aqui, e o Sony que à maneira de abertura ou aperitivo — já que Mario Jiménez não permitia consumir nenhuma azeitona nem molhar a língua com vinho até que o discurso houvesse terminado — transmitia o hit parade de ruídos da Ilha Negra.

O que era bulha, fome, alvoroço, ensaio, cessou magicamente quando, às oito horas, num momento em que o mar empurrava uma deliciosa brisa sobre a estalagem, o Canal Nacional trouxe por satélite as palavras finais de agradecimento do Prêmio Nobel de Literatura, Pablo Neruda. Houve um segundo, um só infenitésimo segundo, em que pareceu a Mario que o silêncio envolvia a aldeia como se a cobrisse com um beijo. E quando Neruda falou, na imagem enevoada da televisão, imaginou que suas palavras eram cavalos celestes que galopavam até a casa do poeta para aconchegar-se em suas cocheiras.

Crianças diante do palco de marionetes, os que assistiam ao discurso criaram, com o simples expediente de sua aguçada atenção, a presença real de Neruda na estalagem. Só que, agora, o poeta vestia um fraque, e não o poncho de suas escapadas ao bar, aquele que usara quando pela primeira vez sucumbiu atônito diante da beleza de Beatriz González. Se Neruda pudesse ver seus paroquianos da Ilha Negra como eles o estavam vendo, teria notado suas pestanas pétreas, como se o mais leve movimento do rosto pudesse ocasionar a perda de alguma de suas palavras. Se alguma vez a tecnologia japonesa extremasse seus recursos e produzisse a fusão de seres eletrônicos com seres carnais, a pequena população de Ilha Negra poderia dizer que fora a precursora do fenômeno. Faria isso sem jactância, tingidos com a mesma grande afabilidade com que sorveram o discurso de seu poeta:

"Hoje faz cem anos exatos que um pobre e esplêndido poeta, o mais atroz dos desesperados, escreveu esta profecia: '*A l'aurore, armés d'une ardente patience, nous entrerons aux splendides villes.*' ('Ao amanhecer, armados de uma ardente paciência, entraremos nas esplêndidas cidades.') Eu acredito nesta profecia de Rimbaud, o vidente. Venho de uma província obscura, de um país isolado dos outros por sua cortante geografia. Fui o mais abandonado dos poetas e minha poesia foi regional, dolorosa e chuvosa. Mas sempre tive confiança no homem. Nunca perdi a esperança. Por isso, cheguei até aqui com minha poesia e minha bandeira.

"Concluindo, devo dizer a todos os homens de boa vontade, aos trabalhadores, aos poetas, que todo o porvir foi expressado nesta frase de Rimbaud: só com uma ardente paciência conquistaremos a esplêndida cidade que dará luz, justiça e dignidade a todos os homens.

"Assim, a poesia não terá cantado em vão."

Estas palavras desencadearam um espontâneo aplauso no público, acomodado em volta do aparelho, e um manancial de lágrimas em Mario Jiménez, que só depois de meio minuto dessa ovação de pé é que tragou o que tinha nas narinas, friccionou seu rosto pluvial e, virando-se na primeira fila, agradeceu sorridente a forte aclamação a Neruda, levantando uma palma à têmpora e agitando-a como um candidato a senador.

A tela carregou a imagem do poeta e, em troca, voltou a locutora com a notícia que o telegrafista só escutou quando a mulher disse: "Repetimos: um comando fascista destruiu com uma bomba as torres de alta-tensão da província de Valparaíso. A Central

Única de Trabalhadores conclama a todos os seus membros pelo país inteiro para que permaneçam em estado de alerta", e vinte segundos antes de ser roubado do balcão por uma turista madurona mas boazuda, segundo contaria ao amanhecer de volta das dunas onde a havia acompanhado para espiar as estrelas fugazes. ("Espermatozoides fugazes", corrigiu a viúva.)

Porque a pura verdade é que a festa durou até que se acabou. Dançou-se três vezes "Tubarão à vista", quando todos fizeram o coro "ai, ai, ai, que te come o tubarão", menos o telegrafista, que depois do noticiário andava melancólico e simbólico, até o instante em que a turista madurona, mordendo-lhe o lóbulo da orelha esquerda, lhe disse com certeza que depois da *cumbia* vem "A vela".

Ouviu-se e gozou-se nove vezes "A vela", até que ficou tão familiar ao bando de veranistas que, embora fosse um tema romântico e *cheek to cheek*, foi entoado com gargantas desaforadas e entre beijos de língua.

Aceitou-se um *pot-pourri* de temas antiguinhos contraídos na infância de Domingo Guzmán, que tinha, entre outros, "Pele canela"; "Ay, cosita rica, mamá"; "Me disse Adélia"; "Papai gosta do mambo"; "O chá-chá-chá dos carinhosos"; "Eu não creio em

Gagarin"; "Marcianita e Amor desesperado", numa versão da viúva do González, que reproduziu a intensidade de Yaco Monti, seu intérprete original.

Se a noite foi comprida, ninguém pôde dizer que faltou vinho. Mesa que Mario via com garrafas a meio pau era atendida, *ipso facto,* com um garrafão, "Para economizar minhas viagens à adega". Houve um certo momento da jornada em que metade da população estava entremeada pelas dunas, e, segundo um balancete da viúva, os casais não eram cem por cento os mesmos que a Igreja ou o registro civil haviam santificado e certificado. Só quando Mario Jiménez teve a certeza de que nenhum de seus convidados poderia recordar nome, endereço, número de título eleitoral e último paradeiro de seu cônjuge, é que decidiu que a festa era um sucesso e que a promiscuidade poderia continuar progredindo sem seu alento e presença. Com um gesto de toureiro desprendeu o avental de Beatriz, sedosamente rodeou sua cintura e despencou seu pau pelas coxas, como ela gostava, conforme provavam os suspiros que tão fluidamente soltava com essa seiva enlouquecedora que lubrificava sua boceta. Com a língua molhando a orelha e as mãos levantando suas nádegas, meteu de pé, na cozinha, sem se preocupar em tirar a saia.

— Vão nos ver, meu amor — arquejou a garota, ajeitando-se para que o pau entrasse até o fundo.

Mario começou a mexer as coxas com golpes secos e, empapando os seios da garota de saliva, balbuciou:

— Pena não ter o Sony aqui para gravar esta homenagem a dom Pablo.

E, num átimo, promulgou um orgasmo tão estrondoso, borbulhante, desmedido, extravagante, bárbaro e apocalíptico que os galos acharam que tinha amanhecido e começaram a cocoricar com as cristas infladas, os cachorros confundiram o uivo com o apito do trem noturno ao sul e começaram a ladrar para a lua como se estivessem acompanhando uma convenção incompreensível, o companheiro Rodríguez, ocupado em molhar as orelhas de uma universitária comunista com a rouca saliva de um tango de Gardel, teve a sensação de que uma tumba lhe cortava o ar na garganta, e Rosa, viúva do González, tentou cobrir com o microfone na mão o "hosana" de Mario, trinando mais uma vez "A vela" com uma entoação operística. Agitando os braços como asas de moinho, a mulher incitou Domingo Guzmán e Pedro Alarcón a redobrarem pratos e tambores, sacudirem maracas, soprarem trombetas, *trutrucas** ou, em sua falta, que assobiassem, mas o maestro Guzmán, contendo o menino Pedro com um olhar, disse:

— Fique tranquilo, maestro, que se a viúva está tão saltitante é porque agora é a vez da filha.

Doze segundos depois desta profecia, quando os ouvidos de toda a freguesia sóbria, ébria ou inconsciente apontavam para a cozinha como se um poderoso ímã os absorvesse, e enquanto Alarcón e Guzmán simulavam limpar as palmas das mãos suarentas nas camisetas antes de irromper num acompanhamento trêmulo, desgarrou-se o orgasmo de Beatriz em direção à noite sideral, com uma cadência que inspirou aos casais nas dunas ("Um assim, filhinho", pediu a turista ao telegrafista), que deixou escarlates e fulgurantes as orelhas da viúva e que inspirou as seguintes palavras ao pároco, em seu desvelo lá na torre: *Magnificat, stabat, pange lingua, dies irae, benedictus, kirieleison, angelica.*

Ao final do último trinado, a noite inteira pareceu umedecer e o silêncio que se seguiu teve algo de turbulento e turvo. A viúva arrojou o inútil microfone sobre o tablado e, com o pano de fundo de alguns primeiros e vacilantes aplausos que chegavam das dunas e dos

---

* Instrumento de sopro dos índios mapuches do sul do Chile. (*N. do E.*)

rochedos, aos quais logo se somaram os entusiastas do conjunto na estalagem e os turistas e pescadores cambaleantes até formar uma verdadeira catarata, que foi amenizada por um patriótico "Viva o Chile, merda!" do nefando companheiro Rodríguez, foi até a cozinha para descobrir palpitando entre as sombras os olhos de sua filha e seu genro. Assinalando com o polegar sobre o ombro, cuspiu as palavras para o casal:

— A ovação é para os pombinhos.

Beatriz cobriu a cara molhada por felizes lágrimas, sentindo que estas ferviam num súbito rubor.

— Eu lhe falei, oh!

Mario enfiou as calças e amarrou forte o cordão.

— Bem, sogra. Esqueça a vergonha, que esta noite estamos comemorando.

— Comemorando o quê? — rugiu a viúva.

— O Prêmio Nobel de dom Pablo. Não está vendo que nós ganhamos!?!

— Ganhamos??

Dona Rosa ficou a ponto de fechar o punho e ministrá-lo a essa língua enredadeira ou de dar um pontapé nesses nutridos e irresponsáveis ovos. Mas, num arrojo de inspiração, achou que o mais digno era recorrer ao adagiário:

— "Vamos puxando, disse a mosca" — concluiu, antes de bater a porta.

16

Segundo a ficha do doutor Giorgio Solimano, até agosto de 1973 o jovem Pablo Neftalí havia incorrido nas seguintes enfermidades: rubéola, sarampo, catapora, bronquite, enterogastrite, amigdalite, faringite, colite, torcedura de tornozelo, deslocamento do tabique do nariz, contusões na tíbia, traumatismo cranioencefálico, queimadura de segundo grau no braço direito em consequência de querer salvar a galinha crioula da panela e infecção no mindinho do pé esquerdo depois de pisar num ouriço tão descomunal que, quando Mario conseguiu arrancá-lo, e, rachando-o vingativo, deu para um jantar de toda a família com o único expediente de jogar em cima um pouco de alho, salsa, vinagre, limão e um pouquinho de pimenta.

Eram tão frequentes as corridas ao ambulatório do hospital de San Antonio que Mario Jiménez deu de entrada os restos mortais da já utópica passagem a Paris para a compra de uma motocicleta que lhe permitisse alcançar o porto, veloz e seguro, cada vez que Pablo Neftalí massacrasse um pedaço do corpo. O veículo trouxe também outro tipo de alívio à família, já que as greves e paralisações dos caminhoneiros, dos motoristas de táxi e dos donos de depósitos se faziam cada vez mais frequentes, e houvera noites em que até o pão faltou na estalagem, porque já não se achava farinha. A moto foi a cúmplice exploradora com que Mario se desembaraçou paulatinamente da cozinha para ir rastrear aqueles lugares onde comprar algo com que a viúva pudesse alegrar a panela.

— Há dinheiro, há liberdade, mas não há o que comprar — filosofava a viúva, nos chás sociais dos turistas diante da televisão.

Uma noite em que Mario Jiménez repassava a lição 2 do livro *Bonjour, Paris*, estimulado pelo tema de Rina Ketty e por Beatriz, que lhe revelou que esses gargarejos que fazia quando dizia o "r" eram como que a porta aberta para um francês como o dos Champs-Elysées, o toque profundo de um sino demasiado familiar o distraiu para sempre das irregularidades do verbo *être*. Beatriz o viu levantar-se em transe, caminhar até a janela, abri-la e escutar em toda sua dimensão a segunda badalada cujas ondas arrancaram outros vizinhos de suas casas.

Sonâmbulo, ele pendurou a bolsa de couro no ombro e já ia saindo para a rua quando Beatriz o deteve com uma chave no pescoço e uma frase mui González:

— Esta aldeia não suporta dois escândalos em menos de um ano.

O carteiro foi levado até o espelho e, ao comprovar que sua única indumentária era a bolsa do correio, que em sua posição atual cobria apenas uma nádega, disse à própria imagem:

— *Tu es fou, petit!*

Passou a noite inteira contemplando o caminho da lua até que esta se desvaneceu na madrugada. Eram tantos os assuntos pendentes com o poeta que esse retorno intrigante o deixava confuso. Estava claro que primeiro lhe perguntaria — *noblesse oblige* — por sua embaixada em Paris, pelas razões de sua volta, pelas atrizes da moda, pelos vestidos da temporada (quem sabe também tivesse trazido um deles de presente para Beatriz) e logo entraria no tema de fundo: suas obras completas escolhidas, enfatizaria *escolhidas*, que com pulcra caligrafia enchiam o álbum do deputado Labbé, acompanhadas de um recorte da ilustre municipalidade de San Antonio com a convocatória ao concurso de poesia cujo primeiro prêmio consistia em "flor natural, edição do texto ganhador na revista cultural *La Quinta Rueda* e 50 mil escudos em dinheiro". A missão do poeta seria garimpar no caderno, escolher um dos poemas e, se não fosse muito incômodo, dar-lhe um toquezinho final para melhorar o crédito.

Fez a guarda diante da porta desde antes que a padaria abrisse, que se ouvisse ao longe o cincerro do burro do leiteiro, que os galos cantassem, que se apagasse a luz do único farol. Afundado na grossa trama de sua malha de marinheiro, manteve a vista nos janelões, consumindo-se por um sinal de vida na casa. A cada meia hora se dizia que a viagem do poeta talvez tivesse sido esgotante, que ele agora talvez estivesse se revirando em suas cobertas de lã e que dona Matilde ter-lhe-ia levado o café da manhã até a cama, e não perdeu as esperanças, embora os dedos de seus pés chegassem a doer de frio, de que as pálpebras encapotadas do poeta surgissem na porta e lhe dedicassem esse sorriso ausente com que havia sonhado tantos meses.

Pelas dez da manhã, debaixo de um sol desabrido, dona Matilde abriu o portão com uma bolsa de tricô na mão. O rapaz correu para cumprimentá-la, batendo alegremente nas costas de sua bolsa e desenhando em seguida no ar o exagerado volume de correspondência que continha. A mulher apertou sua mão com calor, mas bastou um só pestanejar desses olhos expressivos para que Mario percebesse a tristeza por trás da cordialidade.

— Pablo está doente.

Abriu a bolsa de tricô e lhe indicou com um gesto que despejasse a correspondência dentro dela. Quis dizer a ela "Deixa que a leve até o quarto?", mas a seriedade suave de Matilde o invadiu, e, depois de obedecer, afundou os olhos no vazio do bolsão e perguntou, quase adivinhando a resposta:

— É grave?

Matilde assentiu, e o carteiro foi com ela alguns passos até a padaria, comprou para si um quilo de baguetinhas e, meia hora mais tarde, derramando as migalhas crocantes nas páginas do álbum, tomou a soberana decisão de concorrer ao primeiro prêmio com seu "Retrato a lápis de Pablo Neftalí Jiménez González".

17

Mario Jiménez se ateve rigorosamente às bases do concurso. Em envelope à parte do poema anotou sua singela biografia um tanto envergonhado e, só com o ânimo de decorá-la, colocou no final: "récitas várias." Pediu ao telegrafista que escrevesse o envelope a máquina e concluiu a cerimônia derretendo lacre sobre a remessa e imprimindo o melado vermelho com um selo oficial dos Correios do Chile.

— Pela pinta ninguém o vence — disse dom Cosme, enquanto pesava a carta e no papel de mecenas furtava a si mesmo dois selos.

A ansiedade o deixou nervoso, mas ao menos pôde entreter o pesadelo que lhe causava não ver o poeta a cada vez que lhe trazia a correspondência. Duas vezes pôde assistir muito cedo a pedaços de diálogos entre dona Matilde e o médico, sem que conseguisse informar-se sobre a saúde do poeta. Numa terceira ocasião, depois de deixar o correio, ficou rodeando o portão e, quando o doutor se dirigia para o carro, perguntou-lhe suarento e impulsivo pelo estado do poeta. A resposta, primeiro, o afundou em perplexidade e, meia hora depois, no dicionário:

— Estacionário.

No dia 18 de setembro de 1973, *La Quinta Rueda* publicaria uma edição especial por ocasião do aniversário da independência do Chile, em cujas páginas centrais e em robustas letras capitais estaria incluído o poema vencedor. Uma semana antes da tensa data, Mario Jiménez sonhou que o "Retrato a lápis de Pablo Neftalí Jiménez González" ganhava o cetro e que Pablo Neruda em pessoa lhe estendia a flor natural e o cheque. Foi subtraído deste paraíso por umas irritantes pancadas na janela. Maldizendo, foi até ela às apalpadelas e, ao abri-la, distinguiu o telegrafista escondido debaixo de um poncho, que lhe passou de um só golpe o minúsculo rádio que transmitia uma marchinha alemã conhecida como "Alte Kameraden". Seus olhos pendiam como duas tristes uvas no cinzento da névoa. Sem dizer palavra, nem mudar a expressão, foi girando o botão de sintonia do aparelho e em cada emissora ressoava a mesma música marcial, com seus timbales, clarins, tubas e cornetas, liquefeitos pelos pequenos alto-falantes. Logo encolheu os ombros e, olhando demoradamente o rádio por baixo do poncho grosso, disse com gravidade:

— Cago pra isso!

Mario recolheu a cabeleira com os dedos e, pegando a malha de marinheiro, pulou pela janela até a motocicleta.

— Vou buscar a correspondência do poeta! — disse.

O telegrafista cruzou decidido à sua frente e apertou suas mãos sobre o guidom.

— Você quer se suicidar?

Os dois levantaram o rosto para o céu encapotado e viram três helicópteros atravessando em direção ao porto.

— Dê-me as chaves, chefe — gritou Mario, somando o motor de sua Vespa ao estrondo dos helicópteros.

Dom Cosme estendeu-as e logo reteve o punho do rapaz:

— E depois atire-as no mar. Assim pelo menos sacaneamos um pouco esses gigolôs.

As tropas haviam ocupado os edifícios públicos em San Antonio e em cada sacada metralhadoras ameaçavam com movimentos pendulares. As ruas estavam quase vazias, e antes de chegar ao correio pôde escutar tiros na direção norte. No início, isolados, e, logo, abundantes. Na porta, um recruta fumava encurvado pelo frio e ficou alerta quando Mario chegou ao seu lado, tilintando as chaves.

— Quem é?

— Eu trabalho aqui.

— Faz o quê?

— Sou carteiro, ué!

— Vai pra casa que é melhor!

— Primeiro tenho que pegar a distribuição.

— Ouça. Estão dando tiro por aí e você vem aqui?

— Mas é o meu trabalho, ué!

— Pega aí as cartas e te manda, ouviu bem?

Foi até o classificador e remexeu na correspondência, separando cinco cartas para o poeta. Depois foi até a máquina de telex e, puxando a folha que se derramava pelo chão como um tapete, distinguiu quase vinte telegramas urgentes para o poeta. Arrancou-a com um puxão, foi enrolando-a no braço esquerdo e enfiou-a na bolsa com as cartas. Então, recrudesceram os tiros na direção do porto e o jovem revistou as paredes com a militante decoração de dom Cosme: o retrato de Salvador Allende podia ficar porque, enquanto não mudassem as leis no Chile, ele continuava sendo o presidente constitucional, ainda que estivesse morto, mas a confusa barba de Marx e os ígneos olhos de Che Guevara foram despregados e enfiados na bolsa. Antes de sair, empreendeu uma variante que teria regozijado seu chefe, por mais melancólico que estivesse: enfiou o gorro oficial de carteiro na cabeça, ocultando este emaranhado turbulento que agora, diante do corte do soldado, lhe pareceu definitivamente subversivo.

— Tudo em ordem? — perguntou o soldado quando ele saía.

— Tudo em ordem.

— Meteu o gorro de carteiro, hein?

Mario apalpou a dura armação de feltro por uns instantes, como se quisesse comprovar que realmente estava cobrindo o cabelo, e com um gesto desdenhoso puxou a viseira sobre os olhos.

— De agora em diante se usa a cabeça só pra carregar o boné.

O soldado umedeceu os lábios com a ponta da língua, enfiou entre os dentes do meio um outro cigarro, tirou-o em seguida para cuspir uma fibra dourada de tabaco e, olhando suas botas, disse a Mario, sem olhar para ele:

— Some daqui, pirralho.

18

Nas imediações da casa de Neruda um grupo de soldados levantara uma barreira e, mais atrás, um caminhão militar deixava a luz da sirene girar sem ruído. Chovia pouco; uma fria garoa da costa, mais enfastiante que encharcante. O carteiro tomou o atalho e, desde o cimo da pequena colina, a cara fundida no barro, fez um quadro da situação: a rua do poeta bloqueada ao norte e vigiada por três recrutas perto da padaria. Quem tivesse de cruzar necessariamente por ali, era revistado pelos militares. Cada um dos papéis da carteira era lido mais com ânsia de mitigar o tédio de vigiar uma enseada insignificante do que com minuciosidade antissubversiva; se o transeunte carregasse uma sacola, era intimado sem violência a mostrar um a um seus produtos: o detergente, o pacote de macarrão, a lata de chá, as maçãs, o quilo de batatas. Logo se permitia a passagem com um abano de mãos entediado. Apesar de tudo isso ser novo, pareceu a Mario que o comportamento dos militares tinha um sabor rotineiro. Os conscritos só endureciam e aceleravam seus deslocamentos quando, a cada certo lapso de tempo, vinha um tenente de bigodes e de ameaçador vozeirão.

Ficou até o meio-dia observando as manobras. E logo desceu, cauteloso, e, sem apanhar a moto, deu uma enorme volta por trás do casario anônimo, alcançou a praia na altura do molhe e, bordejando as escarpas, foi indo até a casa de Neruda, descalço, pela areia.

Numa cova próxima às dunas pôs a salvo a bolsa por detrás de uma rocha de arestas perigosas e, com o maior cuidado que lhe permitiam os helicópteros frequentes e rasantes que rastreavam a beira do mar, estendeu o rolo que continha os telegramas e leu-os durante uma hora. Só então amassou o papel entre as mãos e depois o colocou embaixo de uma pedra. A distância até o campanário, embora íngreme, não era muito grande. Mais de uma vez esse trânsito de aviões e helicópteros que já havia conseguido o exílio de gaivotas e pelicanos o deteve. Pela abusiva engrenagem de sua hélice e pela fluidez com que logo se deixavam estar suspensos sobre a casa do poeta, pareciam-lhe feras que cheirassem algo ou um voraz olho delator, e conteve o impulso de subir pela colina, expondo-se tanto a despencar quanto a ser surpreendido pela guarda do caminho. Procurou o consolo da sombra para mover-se. Ainda que não houvesse escurecido, de algum modo o rochedo parecia mais protegido sem a presença desse sol que aos poucos raiava as grandes nuvens e denunciava até os restos de garrafas quebradas e os polidos calhaus da praia.

Já no campanário, notou a falta de uma fonte onde lavar os arranhões no rosto e, sobretudo, as mãos, que soltavam de seus cortes filetes de sangue misturados com suor.

Ao assomar ao terraço, viu Matilde com os braços cruzados sobre o peito, e com o olhar preso ao movimento do mar. A mulher desviou a vista quando o carteiro lhe fez um sinal e, levando os dedos aos lábios, lhe implorou silêncio. Matilde examinou em volta para ver se o trecho até o quarto do poeta não estava no campo visual da guarda na rua e assentiu com um pestanejar que indicava o dormitório.

Teve de manter um instante a porta entreaberta para distinguir Neruda nessa penumbra com cheiro de remédios, unguentos, madeira úmida. Pisou o tapete até a cama com a leveza de um visitante no templo e impressionado com a difícil respiração do poeta por esse ar que, mais que fluir, parecia ferir sua garganta.

— Dom Pablo — sussurrou baixinho, como se acomodasse seu vulto na tênue luz da lâmpada envolta numa toalha azul. Agora parecia que quem tinha falado era sua sombra. A silhueta de Neruda se levantou com dificuldade sobre o leito e os olhos desbotados pesquisaram a penumbra.

— Mario?

— Sou eu, dom Pablo.

O poeta estendeu o braço flácido, mas o carteiro não notou sua oferta nesse jogo de contornos sem volumes.

— Chegue mais perto, rapaz.

Junto à cama, o poeta prendeu sua mão com uma pressão que impressionou Mario pelo febril e fez com que se sentasse próximo à cabeceira.

— Eu quis entrar esta manhã, mas não pude. A casa está rodeada de soldados. Só deixaram passar o médico.

Um sorriso sem forças abriu os lábios do poeta.

— Eu já não preciso de médico, filho. Seria melhor que me enviassem diretamente para o coveiro.

— Não fale assim, poeta.

— Coveiro é uma boa profissão, Mario, se aprende filosofia. Lembra quando Hamlet está enredado em suas elucubrações e o coveiro aconselha: "Vai procurar uma moça robusta e deixa de asneiras"?

O rapaz agora pôde distinguir uma xícara sobre a mesinha e, instigado por um gesto de Neruda, aproximou-a de seus lábios.

— Como se sente, dom Pablo?

— Moribundo. Fora isso, nada grave.

— Sabe o que está acontecendo?

— Matilde trata de me esconder tudo, mas eu tenho um rádio portátil japonês debaixo do travesseiro. — Tragou um bocado de ar e, em seguida, o expulsou tremendo. — Homem, com essa febre me sinto como um peixe na frigideira.

— Já vai passar, poeta.

— Não, filho. A febre não vai passar. Ela vai acabar comigo.

Com a ponta do lençol o carteiro limpou o suor que caía de sua fronte até as pálpebras.

— É grave isso que o senhor tem, dom Pablo?

— Já que estamos em Shakespeare, vou responder a você como Mercutio, quando a espada de Teobaldo o atravessa. "A ferida não é tão funda como um poço, nem tão larga como uma porta de igreja, mas chega perto. Pergunta por mim amanhã e verás quão teso estarei."

— Por favor, deite-se.

— Ajude-me a chegar até a janela.

— Não posso. Dona Matilde me deixou entrar porque...

— Sou seu casamenteiro, seu camarada e padrinho do seu filho. Com estes títulos conquistados com o suor da minha pena exijo que você me leve até a janela.

Mario quis controlar o impulso do poeta apertando seus pulsos. A veia de seu pescoço saltava como um animal.

— Está uma brisa fria, dom Pablo!

— A brisa fria é relativa! Se você sentisse o vento gelado que sopra em meus ossos! É muito antigo e afiado o punhal definitivo, rapaz. Leve-me até a janela.

— Aguente aí, poeta.

— Mas o que você quer me esconder? Por acaso quando eu abrir a janela o mar não vai estar ali embaixo? Também o levaram? Também o enfiaram numa gaiola?

Mario adivinhou que a rouquidão faria aumentar o tom de sua voz com essa umidade que começava a brotar das pupilas de seus olhos. Acariciou devagar o próprio rosto e, em seguida, como uma criancinha, enfiou os dedos na boca.

— O mar ainda está ali, dom Pablo.

— Então, o que há com você? — gemeu Neruda, com os olhos suplicantes. — Leve-me até a janela...

Mario enfiou os dedos por baixo do braço do poeta e foi levantando-o até que o teve de pé ao seu lado. Temendo que desmaiasse, apertou-o com tal força que pôde perceber em sua própria pele a rota do calafrio que sacudiu o enfermo. Como um só homem vacilante, avançaram até a janela, e ainda que o jovem tenha corrido a espessa cortina azul, não quis olhar o que já podia ver nos olhos do poeta. A luz vermelha da sirene fustigou intermitentemente seu rosto.

— Uma ambulância — riu o poeta com a boca cheia de lágrimas. — Por que não um ataúde?

— Vão levá-lo para um hospital em Santiago. Dona Matilde está preparando suas coisas.

— Em Santiago não existe mar. Só alfaiates e cirurgiões.

O poeta deixou cair a cabeça contra o vidro e este se embaçou com seu hálito.

— O senhor está ardendo em febre, dom Pablo.

De repente, o poeta levantou o olhar em direção ao teto e pareceu observar algo que se desprendesse entre as vigas com os nomes de seus amigos mortos. O carteiro foi alertado por um novo calafrio de que a temperatura aumentava. Ia anunciar isto a Matilde com um grito quando foi dissuadido pela presença de um soldado que vinha entregar um papel ao motorista da ambulância. Neruda empenhou-se em caminhar até o outro janelão como se lhe houvesse sobrevindo uma asma; ao prestar-lhe o apoio, soube agora que a única força desse corpo residia na cabeça. O sorriso e a voz do poeta foram débeis, quando ele falou, sem olhar:

— Diga-me uma boa metáfora para eu morrer tranquilo, rapaz.

— Não me ocorre nenhuma metáfora, poeta, mas ouça-me bem porque tenho algo a lhe dizer.

— Estou escutando, filho.

— Bom. Hoje chegaram mais de vinte telegramas para o senhor. Eu quis trazê-los, mas, como a casa estava rodeada, tive que voltar. O senhor perdoará o que fiz, mas não havia outro remédio.

— O que você fez?

— Li todos os telegramas e decorei para poder dizer-lhe.

— E de onde vêm?

— De muitos lugares. Começo com o da Suécia?

— Adiante.

Mario fez uma pausa para engolir a saliva e Neruda se soltou por um segundo e procurou apoio no trinco do janelão. Contra os vidros turvos de sal e poeira soprava uma rajada de vento que os fazia vibrar. Mario manteve a vista em uma flor derramada sobre o canto de um jarrão de barro e reproduziu o primeiro texto, cuidando para não confundir as palavras dos diversos telegramas.

— "Dor e indignação assassinato presidente Allende. Governo e povo oferecem asilo poeta Pablo Neruda. Suécia."

— Outro — disse o vate, sentindo que subiam sombras aos seus olhos e que cataratas ou galopes de fantasmas tentavam estilhaçar os cristais para se reunirem com alguns corpos imprecisos que se iam levantando da areia.

— "México põe disposição poeta Neruda e família avião pronto translado aqui" — recitou Mario, já com a segurança de que não era ouvido.

A mão de Neruda tremia sobre o trinco da janela, talvez querendo abri-la, mas, ao mesmo tempo, como se apalpasse entre seus dedos crispados a mesma matéria espessa que lhe rondava pelas veias e enchia de saliva sua boca. Acreditou ver, na marulhada metálica que destroçava o reflexo das hélices do helicóptero e que expandia os argentinos peixes num polvorinho cintilante, ser construída com água uma casa de chuva, uma úmida madeira intangível que toda ela era pele mas intimidade ao mesmo tempo. Um secreto rumor revelava-se agora no trepidante arquejar de seu sangue, essa água negra que era germinação, que era a escura artesania de suas raízes, sua secreta ourivesaria de noites frutuosas, a convicção definitiva de um magma a que tudo pertencia, aquele que todas as palavras buscavam, espreitavam, rondavam sem nomear ou nomeavam calando (a única coisa certa é que respiramos e deixamos de respirar, dissera o jovem poeta sulista despedindo-se com a mão, que havia apontado um cesto de maçãs debaixo da mesa fúnebre): sua casa diante do mar e a casa de água que agora levitava fresca por detrás desses vidros que também eram água, seus olhos que também eram a casa das coisas, seus lábios que eram a casa das palavras e já se deixavam molhar ditosamente por essa mesma água que um dia havia fendido o ataúde de seu pai, depois de atravessar leitos, balaustradas e outros mortos para acender a vida e a morte do poeta com um segredo que, agora, lhe era revelado e que com este acaso que têm a beleza e o nada, debaixo de uma lava de mortos, com olhos vendados e pulsos sanguinolentos, lhe punha um poema nos lábios que ele já não soube se disse, mas que Mario, sim, escutou, quando o poeta abriu a janela e o vento desguarneceu as penumbras:

> Eu volto ao mar envolto pelo céu,
> o silêncio entre uma e outra onda
> estabelece um suspense perigoso:
> morre a vida, se aquieta o sangue
> até que rompe o novo movimento
> e ressoa a voz do infinito.

Mario abraçou-o pelas costas e, levantando as mãos para cobrir suas pupilas alucinadas, disse:

— Não morra, poeta.

19

A ambulância levou Pablo Neruda para Santiago. No caminho, teve de passar por barreiras da polícia e controles militares.

No dia 23 de setembro de 1973 ele morreu, na Clínica Santa Maria.

Enquanto agonizava, sua casa da capital, no sopé do cerro San Cristóbal, foi saqueada, os vidros destroçados e a água dos encanamentos abertos produziu uma inundação.

Foi velado entre os escombros.

A noite de primavera estava fria e os que velaram o féretro tomavam sucessivas xícaras de café até o amanhecer. Pelas três da manhã, uma garota de negro que havia burlado o toque de recolher arrastando-se pelo cerro juntou-se à cerimônia.

No dia seguinte houve um sol discreto.

De San Cristóbal até o cemitério o cortejo foi crescendo, até que ao passar diante das floristas do Mapocho* uma palavra de ordem celebrou o poeta morto e outra o presidente Allende. As tropas alerta, com suas baionetas caladas, cercavam a marcha.

Nas imediações do túmulo as pessoas presentes cantaram "A Internacional."

* Rio que corta o centro de Santiago de norte a sul. (*N. do E.*)

20

Mario Jiménez soube da morte do poeta pela televisão da estalagem. A notícia foi transmitida por um locutor engravatado, que falou do desaparecimento de uma "glória nacional e internacional". Seguia-se uma breve biografia até o momento de seu Prêmio Nobel e concluía com a leitura de um comunicado mediante o qual a Junta Militar expressava sua consternação pela morte do poeta.

Rosa, Beatriz e até o próprio Pablo Neftalí, contagiados pelo silêncio de Mario, deixaram-no em paz. Lavaram os pratos do jantar, cumprimentou-se sem muito entusiasmo o último turista que tomaria o noturno para Santiago, afundou-se interminavelmente o saquinho de chá na água fervida, raspou-se com as unhas pequenos restos de comida aderidos ao encerado das mesas.

Durante a noite o carteiro não conseguiu dormir, e as horas transcorreram com os olhos no teto, sem que um único pensamento os distraísse. Pelas cinco da madrugada ouviu carros frearem diante da porta. Ao assomar à janela, um homem de bigode fez um gesto para que saísse. Mario pôs sua malha de marinheiro e foi até o portão. Junto ao homem de bigode, meio calvo, havia outro muito jovem, de cabelos curtos, capa e um abundante nó de gravata.

— Você é Mario Jiménez? — perguntou o de bigode.

— Sou, sim senhor.

— Mario Jiménez, profissão carteiro?

— Carteiro, sim senhor.

O jovem de capa tirou um cartão cinza de um bolso e o inspecionou com uma piscadela.

— Nascido aos 7 de fevereiro de 1952?

— Sim senhor.

O jovem olhou para o homem mais velho, e foi este quem falou a Mario:

— Bem. Você nos acompanha.

O carteiro limpou as palmas das mãos nas coxas.

— Por que, doutor?

— Para lhe fazermos umas perguntas — respondeu o homem de bigode, pondo um cigarro nos lábios e logo apalpando os bolsos como se estivesse procurando fósforos. Viu o olhar de Mario chegar até seus olhos. — Uma diligência de rotina — acrescentou finalmente, pedindo fogo com um gesto a seu acompanhante. Este negou com a cabeça.

— Não há nada a temer — disse logo o da capa.

— Depois você pode voltar para casa — disse o homem de bigode, mostrando o cigarro a alguém que assomava a cabeça pela janela de um dos dois carros sem placa que aguardavam na rua com o motor funcionando.

— É uma diligência de rotina — ajuntou o jovem da capa.

— Responde a uma meia dúzia de perguntas e depois volta para casa — disse o homem de bigode, distanciando-se até o homem do carro, que agora mostrava um isqueiro dourado pela janela. O homem de bigode se abaixou e, então, o deputado Labbé produziu uma forte chama com um preciso golpe. Mario viu que o homem de bigode se levantava, avivando a brasa do cigarro com uma profunda aspiração, e que gesticulava ao jovem da capa para que fossem para o outro carro. O jovem da capa não tocou em Mario. Apenas se limitou a indicar-lhe a direção do Fiat negro. O carro do deputado Labbé foi indo lentamente, e Mario avançou com seu acompanhante até o outro veículo.

Ao volante havia um homem com óculos escuros ouvindo notícias. Ao entrar no carro ainda conseguiu escutar o locutor anunciando que as tropas haviam ocupado a editora Quimantú e que haviam começado a apreender a edição de várias revistas subversivas, tais como *Nosotros los chilenos, Paloma* e *La Quinta Rueda*.

Epílogo

Anos depois me inteirei pela revista *Hoy* que um redator literário de *La Quinta Rueda* havia voltado ao Chile depois de um exílio no México. Era um velho companheiro do liceu, e telefonei para ele, para marcarmos um encontro. Falamos um pouco de política e, sobretudo, a respeito das possibilidades de que algum dia o Chile se democratizasse. Alguns minutos mais cansei-me com a experiência de seu exílio e, depois de pedir o terceiro café, perguntei se por acaso podia lembrar o nome do autor do poema premiado que *La Quinta Rueda* devia ter publicado no dia 18 de setembro do ano do golpe.

— Claro — disse-me. — Era um excelente poema de Jorge Teillier.

Eu costumo tomar café sem açúcar, mas tenho a mania de dar voltas com a colherinha dentro dele.

— Você não se lembra — disse-lhe — de um texto que impressionava por seu título algo curioso: "Retrato a lápis de Pablo Neftalí Jiménez González"?

Meu amigo levantou o açucareiro e o reteve um instante tentando puxar da memória. Logo negou com a cabeça. Não lembrava. Aproximou o açucareiro do meu café, mas eu o cobri rapidamente com a mão.

— Não, obrigado — disse-lhe. — Tomo amargo.

Este livro foi composto na tipologia Minion Pro Regular, em corpo 12/17, e impresso em papel off-white no Sistema Cameron da Divisão Gráfica da Distribuidora Record.